新 潮 文 庫

わたしの普段着

吉 村　昭 著

8444

目次

i　日々を暮す

ii　筆を執る

わたしの普段着

i

日々を暮す

予防接種

過去に、ハシカと私についてのエッセイを書いたことがある。なぜそのようなものを書いたかと言うと、多少大袈裟《おおげさ》かも知れないが、私にとって切実な事柄であるからである。

小学校一、二年生の頃、私はまだハシカにかかっていなかったので、町医の指示で、ハシカにかかって病臥《びょうが》している二歳下の弟のかたわらに、半日ほど身を横たえさせられたことがある。

その時、医師が母に語ったことは、今でも記憶している。ハシカは年齢が進むにつれて重症になるので、今のうちにかかった方がいい。ある皇族の宮様は中年になって発症し、危うく命を落しかけたという。

私は、指示通り赤い発疹《はっしん》がひろがる弟の顔を間近にながめながら、身を横たえていた。が、医師や母の期待に反してハシカにかかることはなかった。

やがて私は成人し、結婚もした。

幼い長男がハシカにかかった時、私はあわただしく手廻りの物をボストンバッグに入れて、隣県に住む弟の家に避難した。医師が口にした皇族の話がよみがえり、恐怖をおぼえ、一ヵ月後に帰宅してからも長男に近づくことはしなかった。

妻は、呆《あき》れたように笑っていた。皇族の方は人に接することが少いのだろうが、下町の密集地帯で生れ育った私は、必ず感染していて本人が気づかないだけなのだ、という。

しかし、記憶をたぐってもハシカにかかったことは思い出せず、幼い長女が発病した時も弟のもとに逃げるように身を避けた。

この時は妻は笑うこともせず、蔑《さげす》んだような眼をしていた。

やがて成人した息子と娘は結婚し、子の父となり母となった。孫がつぎつぎにハシカにかかり、私はその度にかれらと接触せぬよう注意した。息子と娘に理由を話すこともためらわれ、ひそかな私一人の恐れであった。

発病した折のことを考えた。顔は一面に赤い発疹におおわれ、高熱に息をあえがせて仰臥している。見舞いに来てくれた人は、見舞いの言葉も口にできず笑いをこらえるのに苦しむだろう。

病状は重く、不幸にも死を迎えることも考えられる。小説家の死として新聞の下段に死亡記事が出るかも知れず、そこには「ハシカのため死去」と書かれ、読者を面白がらせるにちがいない。通夜《つや》、葬儀にも私の死を悼《いた》む空気はなく、会葬者は笑いをふくんだ眼で死因を話題にするにちがいない。

市の広報紙が新聞に折込まれていて、そこにハシカのワクチン予防接種について記されていることがあり、私の眼は自然にそこに据えられる。対象者は当然ながら幼児にかぎられていて、「必ず保護者付添いのこと」と書かれ、さらに「接種しても幼稚園、小学校へ通っても差支えありません」とも記されている。

これらの内容に、予防接種を受けに出掛ける意欲は失われる。保護者然とした私が出向いて接種を受けたいと申出れば、医師も係りの人たちも呆気《あっけ》にとられ、奇妙な雰囲気になるだろう。

あれこれ考えても仕方がない。妻の言うように気づかぬうちに感染しているのかも知れず、成行きまかせだ、と居直ったような気分になった。

中学校時代の友人である医師の山崎博男君が、ある病院に関与しているのを知った。その病院は、私の少年時代、伝染病専門の病院として知られ、私はハシカにかかったことがあるのか、ないのか、検査してもらおうと思った。

山崎君に電話で事情を説明し検査して欲しいと言うと、すぐに承諾してくれた。

指示された日時に病院へ行った私は、血液を採られ、その他の検査を受けた。

検査表を手に私の前に坐《すわ》った山崎君は、

「君の言う通り未感染だね」

と、笑うこともせず、さまざまな数値を口にした。

その時の私の気持は、嬉《うれ》しさに近いものだった。私がハシカにかかったことがないと口にすると、妻をはじめほとんどすべての人が、気づかぬうちに感染しているのだと異口同音に言い、愚しいというようにわずかに笑いの表情をうかべるのが常だった。その人たちに私は真実を口にしてきただけなのだ、と声を大にして告げたい気分であった。

しかし、日がたつにつれて少しずつ不安になってきた。子供の頃に医師が言った言葉が思い起され、この年になってハシカにかかったら命を失うかも知れぬ、と思った。

ふと、江戸時代にハシカの流行で多くの死者が出たという記録があったことを思い出し、記録をあさってみた。

ハシカは麻疹と称され、二十年ほどの周期で流行がみられる。被害が大きく、しかも正確な記録が残されているのは文久二年(一八六二)の夏の流行で、「武江年表」に「麻疹の大流行」として記載されている。

二月頃、長崎に入港した外国船の船員がハシカにかかっていて、それが中国地方をへて京、大坂にひろまり、関西地方への旅から江戸にもどってきた者からたちまち江戸市中に蔓延《まんえん》したとある。

「良賤《りようせん》男女この病痾《びようあ》に罹《かか》らざる家なし」「衆庶枕《まくら》を並べて臥《ふ》したり」と、その猛威のほどを伝え、「寺院は葬式を行うにいとまなく、日本橋上には一日棺《ひつぎ》の渡る事二百」とも記されている。

「江戸洛中《らくちゆう》麻疹疫病《えきびよう》死亡人調書」には、七万五千五百九十八名が死亡したと記載されている。

この記録を読んだ私は、落着きを失った。これまで時折り気になって家庭用の医学書のハシカの個所を読み、それは「子どもの病気」の部に収められているが、文久二年の記録では麻疹にかかるのは幼児に限らず大人も感染したと書かれている。八万名弱という死者数は、当時の江戸の人口の十分の一近くで、容易ならざる数字である。妊婦《にんぷ》で「命を全うせるもの甚だ少し」という記述もあって、多くの大人が死者となったことをしめしている。

不安はさらに増し、二ヵ月ほど前にテレビのニュース番組を観《み》ていた私は、適当な手を打たなければならぬ、と思った。今年はハシカの流行年にあたっていて、幼児だけではなく大人も感染して死亡している人も多いという。

感染を防ぐには、予防接種しかない。市のハシカ予防接種の記事が出るまで待つ間に感染するかも知れず、日頃かかりつけの家庭医である女医に接種してもらおう、と思った。

私は電話をし、

「ちょっとお恥しいことなのですが、お願いしたいことがありまして……」

と、言った。

「はい、はい。どんなことでも、どうぞ」

女医は、答えた。

瞬間的に、これはまずい、と思った。私が性病にでもかかって内々に治療方針を指示してもらいたいような口調だ。

私は口早やに事情を説明し、ハシカの予防接種をしていただけますか、とたずねた。

「いたしますが、市の予防接種は無料ですけれど、この場合は有料になります」

お金の問題ではないので、

「ぜひそれでお願いします」

と、私は頼んだ。

妻も風邪気味だというので、長男の妻の車で共に女医のもとに行った。

なんとなく看護婦さんが笑いをこらえている表情をしているような気がして、出された問診票とボールペンを受け取った。

問診票の最上段に「予防接種を受ける者の氏名」という欄があり、生年月日の下に(満　歳　月)とある。普通なら年齢だけなのに、月まで書くようになっている。

その欄の下に「保護者氏名」とあり、私は本人と書いた。

それにつづいて質問事項が列記されている。

「一ヵ月以内に小児まひ等の予防接種を受けたことがありますか」――ない。

「一年以内にけいれんやひきつけをおこしたことがありますか」――ない。

問診票をのぞき込んでいた妻が、次の項目を眼にしてかすかに笑った。「同じ頃に生まれた他の子供にくらべておくれがありますか」

「あるに丸じゃないんですか」

妻が言い、私は無視して、ないに丸印をつけた。

問診票を手にした女医と向き合って坐った。

私は、検査を受けて未感染であったことを確認し、ハシカの流行で大人も死亡していることを知って接種を受けなければならぬ、と思ったことを説明した。

「そうそう、接種を受ければ安心ですからね。ただし市の接種とちがって有料ですが……」

「わかっています」

私は、予防接種の注射をしてもらった。

女医は、

「今日は入浴をなさらぬように……」

と、言った。

礼を述べて、診療室を出かけた私は、肝腎《かんじん》のことをきくのを忘れていたのに気づき、もどると、

「お酒は飲んでもいいのでしょうか」

と、たずねた。

女医は、一瞬途惑った表情をすると、

「注意事項にそれは書いてありませんがね」

と、笑いをふくんだ眼をして答えた。

私は、無言で頭をさげると診療室を出た。

その夜、私は万一を思って酒を口にせずに過した。

ニンニンゴーゴー

一ヵ月半に一度の割で新潟県の越後《えちご》湯沢にあるマンションに行く。賭《か》けごと、ゴルフ、海外旅行などの趣味のない私にとって、マンションの一室を持っていることは唯《ゆい》一《いつ》の贅沢《ぜいたく》で、資料を要しないエッセイなどを書くために出掛けてゆく。いわば仕事場であり、気分転換にもなっている。

マンションには、温泉の湯をひいた浴場があるが、入口の履物を入れる棚に一足でも履物が置かれているのを見ると、そのまま部屋に引返す。

そうしたことを繰返す私を、妻は、変な人ねと言っていたが、先月、マンションに行った時、

「浴場にいる人に背中を見られるのがいやなんでしょう」

と、私の顔をうかがうように言った。その口調には、長い間そうと思っていたこと

を口にしたようなひびきがあった。

　私の背中には、長さ三十五センチの弧をえがいた手術の切開痕《こん》がある。それを人に見られるのが恥しく、入浴せずにもどってくるのだろう、と彼女は言っているのである。

「そんなことはないよ。広い浴場で一人で湯につかっているのが好きだからだ。だれか入っていたり入ってくる人がいれば、今日は、と挨拶《あいさつ》しなければならず、それがわずらわしいから入らないのだ」

　これは、私の正直な答えだ。

　少年時代、民家の密集した東京の下町ですごした私は、町の道を歩いている時、顔見知りの人とすれちがうと必ず挨拶し、家の内部からこちらに顔をむけている人にも頭をさげた。そうしたことが習いになっていて、東京の郊外に住んでいる現在でもこちらから挨拶する。マンションのエレベーターで一緒になった人にも今日は、と声をかけ、まして浴場では、双方が裸になっているので挨拶しないわけにはゆかない。

　ところが、挨拶を返してくる人もいるにはいるが、黙っている人もいる。困惑したように軽く頭をさげるだけの人もいて、気まずい思いがする。

　そうしたことから気が重くなるので、入浴者がいると部屋に引返すわけで、決して背中の傷を見られたくないからではないのだ。

背中の手術痕は、二十歳の折に肺結核の末期患者として手術を受けた名残りである。左胸部の肋骨《ろっこつ》を平均二十五センチの長さで五本切除し、それによって肺臓の病巣《びょうそう》がつぶされて治癒につながるという手術であった。

術後一年以上の生存率は四〇パーセント弱であった由《よし》だが、幸いにも再発することはなく現在に至っている。

そのような体の均衡を支える骨格を切除する手術を受けたので、私の体は変形している。肋骨が除去された左胸の上部は、掌《てのひら》ほどの広さでくぼんでいる。神経も切断されたらしく、左腕の上半分の感覚が長い間失われていて、つねっても痛くはなかった。また、左の肩胛骨《けんこうこつ》が前方に押し出されるように曲ってしまっているので、それだけ左腕が右腕よりも五センチほど長くなっている。さらに気管支にも異常が生じたらしく、手術をしてから二十年ほどは呼吸をするたびに気泡がつぶれるような音が絶えずしていた。

手術後、銭湯の大きな鏡の前に立って体をねじ曲げ、背中の切開痕を見た。傷痕《きずあと》は深く赤らんでいて、縫合した痕も点々とくぼんでいた。

その頃、私は背中の切開痕を人に見られるのが恥しく、銭湯に行った折には、タオルを肩にかけて背中をかくすのが常であった。

やがて健康をとりもどして日常生活を送れるようになり、大学を受験し、学科試験の後に健康診断を受けた。

受験生の長い列が組まれていて、一人ずつ白衣を着た校医の前の椅子《いす》に坐り、校医が聴診器を胸にあてたりしている。上半身裸にという指示があって、いずれも裸身であったが、私だけはシャツを着ていた。

私の順番になり、思いきってシャツをぬいだ。その時、背後で短く低い驚きの声がし、私は後ろに並ぶ受験生が背中の傷を見たのだ、と思った。

椅子に坐った私の左胸のくぼみを見つめた校医が、

「どうしたのだね」

と、たずねた。

私は、胸郭成形術という肺結核の手術で肋骨を切除されたことを述べた。

校医は眼を光らせ、その手術のことは知識として知ってはいるが、それを受けた人を見るのは初めてだというようなことを口にし、私の坐る椅子をまわして背中に視線を据える気配がした。

「これは大変だったね、局所麻酔だけの手術ときいているが、よくがまんした、えらかったね」

校医の温い掌が、私の手術痕に置かれ、上下にうごいた。

胸に熱いものがつきあげ、眼の前がかすんだ。

「体を大事にして無理しないように学校に通いなさい」

校医の声は、優しかった。

まちがいなく健康診断で不合格になると思っていた私は、校医のその言葉で入学を許可された。

私は学校に通うようになったが、早くも卒業は諦《あきら》めねばならないことを知った。必《ひっ》須《す》科目に体育があって、その単位をとれなければ卒業はできない仕組みで、体調の十分に恢復《かいふく》していない私には到底無理であった。

それでも私は、学校に通うことをつづけた。肉体的に社会に出て働くなどということはできず、学校は、病後の身を養う憩いの場と割りきったのである。すでに両親は亡《な》く、兄たちに金銭の援助を受けたくないという多分に拗《す》ねた気持から、家庭教師を二つもって学費、生活費を捻出《ねんしゅつ》していた。

その頃から自然に小説の習作を試みるようになり、学校へ行くのは授業を受けるためではなく文芸部の部室におもむくことが目的になった。

入学してから三年がたち、私はここらが潮時と思い、学生部長の教授に退学を申し出た。体に対する不安もうすらぎ、社会に出て働く自信も持てるようになっていたからであった。私は二十五歳になっていた。

それから八ヵ月後、在学中、同じ文芸部に所属していた女性と結婚した。文芸部発行の同人雑誌に私は病気のこと手術のことを書いていたので、彼女は病歴を知っていたが、私の請《こ》いをそのまま受けいれてくれた。現在の妻である。

勤めに出るようになってから、思わぬことが悩みの種になった。胸がくぼみ腕の長さのちがう体に、出来合いの背広は役に立たない。そのため洋服商を営む弟の友人のもとに行って、洋服を仕立ててもらうことになった。左胸の上部のくぼんだ部分にパッドを入れ、腕の長さも調整してくれた。特別に代金を安くしてはくれたものの、安月給の身には不相応な出費であったが、やむを得ないことであった。

結婚して以来、現在まで背中の手術痕を見たことはなく、そんなことはすっかり忘れている。

ただ一度、長男が二、三歳になった頃、切開痕を意識したことがあった。

一緒に入浴した時、長男の小さな指が合成樹脂製の腰台に坐《すわ》った私の背中にふれ、それが上から下に弧をえがいて動いてゆく。長男の口から、ニンニンゴーゴー、ニンニンニンゴーゴーという声がもれている。

私はなんのことかわからなかったが、それがチンチンゴーゴーという言葉であるのに気づいた。

長男は、私の切開痕を指でなぞって電車が走ることを思い描いている。切開した傷痕には多くの縫合した痕が、あたかも線路の枕木《まくらぎ》のようにきざまれている。

長男の眼には私の背中に弧をえがいた鉄道の線路があって、電車に見立てた指を上から下に動かしている。私は、小さな指が動くままに身じろぎもせず坐っていた。

現在、背中の切開痕は、どのようになっているのか、平たくなり、赤みもすっかり消えているにちがいない。

この年齢《とし》になってそれを人に見られても、どうともない。第一、私はそんなものが背中に刻まれていることなど全く意識せず、忘れ去っている。

それなのに、妻は浴場にだれか一人でも入っていると引返してくる私に、背中の傷を見られるのが恥しいからだろう、と言う。

その言葉に、やはり私の背中には人眼にもわかるような傷痕が弧をえがいているのを感じた。彼女は結婚以来、それについて口にしたことは一度もないが、果してどのように思っているのだろう。

そんなことはどうでもいい。背中に廃線になった鉄道の単線のレールが残っていると思えばよく、私の生活にはなんの関係もない。

昨秋、微熱が三ヵ月近くつづき、家庭医は風邪だと言って薬を渡してくれた。それによって症状はおさまったものの、そのうちに再び微熱が出るようになり、よくきくと言われる市販の薬をのんだが、症状は少しも変らない。

中学校時代の友人数人と酒を飲む機会があって、その中に医科大学の教授をしていた二人の友人がいたので微熱のことを口にした。

二人は、口をそろえて精密検査を受けるように言った。手術を受けて快癒しているとは言え、結核菌はとじこめられているだけのことで、それが再び動き出しているのかも知れない、という。

私は、その忠告にしたがって大学病院の内科外来におもむいた。

診断にあたってくれた佐藤信紘教授の指示で、肺臓の断層写真をとってもらった。十数枚の肺臓の透視された像が、明るく浮び上り、それを丹念に眼で追った教授が、

「きれいな肺ですね。なんの心配もありません」

と、言った。

私の眼にも、それは驚くほどきれいに見えた。肋骨を切除された左胸部は、上半分

がつぶれていて、その下半部と右胸部の肺臓が明るい光をうけている。

「右の肺が大きいのは、若い時に左肺の半分がつぶされたので、その分だけ大きくなっているのです」

教授の言葉に、私は立派な形をした右肺の像を見つめた。

血液検査の結果、アレルギー反応が見られ、それは強い風邪薬を服用しているためだと教授は言い、その指示にしたがって風邪薬の服用をやめると、たちまち微熱は消えた。

私はその精密検査で、肺結核が完全に平癒しているのを知り、肋骨の切除手術を受けた甲斐《かい》があったと思った。

大安、仏滅

新聞の「人生案内」欄にのっている高齢の女性読者の相談ごとが、眼にとまった。

彼女は、たまたま読んだ姓名学の本に、次男の名前の画数が悪いと書かれているのを見て驚いた。今後、交通事故に遭い、離婚の恐れもあって出世は到底できないなどと、悪いことしか書かれていなかったという。この文章から察するに次男は妻帯し、子の父でもあるらしい。

彼女は大きな衝撃を受け、自分たち夫婦がそのような名をつけた次男に申訳なく、罪の意識にさいなまれている。息子の将来が明るくなるように改名させたいが、どのようにしたらよいのか、と結ばれている。

これに対して女性の弁護士は、法律の上で正当な理由があれば改名できるが、字画が悪いということは正当な理由ではなく認められない、と回答している。

私に、一つの記憶がよみがえった。同人雑誌に書いた小説が芥川賞候補作となって落選した頃だから、三十一、二歳のことである。

夕方、上野公園の西郷さんの銅像下の道を妻とともに歩いている時、道ばたに、手相見の占師が机のようなものの前に坐っているのを眼にした。

手相を見てもらうことなど考えもしなかった私だが、どのような気持からであったのか、三十年輩の眼鏡をかけたその男の前に立った。たしか見料は五百円で、それを払うと私の掌を男が手にとった。

さらにお名前を、と言われ、出された紙に姓名を記した。

眼をあげたかれは、

「お名前の字画が最悪ですね」

と言って、短命であり、結婚も長つづきせずに出世などおぼつかないと断言して改名をすすめ、改名料を払えばいい名をつけてさし上げます、と言った。

私は、笑いながらことわった。親がつけてくれた名を改めることなどする気はない、と答えると、

「あなたの手相には、なにごとにもお金を出し惜しみする相が出ている」

と、きびしい表情で言った。

私は、妻と男の前をはなれた。改名料を出さぬ私を吝嗇《りんしょく》だときめつけたことがおかしく、妻も笑っていた。

私の名前の字画が悪いのかどうか、私は知らない。いずれにしても、その後、私は妻と別れることもなく一応五十年近く同じ家に住んでいるし、出世云々《うんぬん》のことについてもこのようにエッセイを書いて原稿料を頂戴《ちょうだい》している身になっていて、私はありがたいことだと思っている。

名前と言えば、長男と長女の名は、妻とあれこれと考えてつけたが、字画のことなど全く念頭になかった。語呂《ごろ》がよく、書き易《やす》い名前であればよいと考えただけである。

孫の名前をつける人もいるようだが、私は親がつけるべきだという考えから一切関

与しなかった。長男も長女もそれが当然と思っていたらしく、私に相談などしなかった。

他人様《ひとさま》の子の名をつけたことが、一度ある。行きつけのバーで顔見知りになった男性の長男の名である。

そのバーで飲んでいる時、たまたま横に坐ったかれが、

「もうすぐ初めての子がうまれるんです。いい名をつけてやって下さいませんか」

と、言った。

かれは、医学関係の出版社の編集者で、私が小説を書く人間であることを知っていた。感じのいい人であった。

男か女かわからないのに、と言うと、かれは絶対に男です、まちがいないのです、と真剣な眼をして言った。

ウイスキーの水割りを飲んでいた私は、くつろいだ気分になっていて、なんとなくかれの言う通り、うまれてくるのは男の子であるような気がした。名前をつけるなどとは大それたことだと思いながらも、アルコールも少々廻っていたので引受けてもいいという気持になり、しかし、一生その男の子についてまわるものであるのでいい加減な名前はつけられぬ、と表情をひきしめた。

私は、店の人からメモをもらい、思案した。かれの姓は畠山、名前はその姓にふさわしいものでなければならない。

一瞬、森鷗外のことが頭をよぎった。鷗外の名は林太郎。鷗外の親御さんは森という姓に林とつづくのをよしとして、そのような名にしたにちがいない。

私は、ボールペンでメモに畠山林太郎と書き、それをかれにしめした。かれが岩手県の山間部に生れ育ったことをきいていた私は、畠に山、そして林となれば、故郷のすべてがそこに匂《にお》い出ると思ったのだ。

「森鷗外先生の名を頂戴して、畠山林太郎」

私が言うと、かれは眼を輝やかせ、

「これはいい。畠に山に林、すべてふる里にあるもので、絶妙です」

と、はずんだ声をあげた。

それから間もなく、かれが拙宅に電話をかけてきて、

「林太郎がうまれました、畠山林太郎が……」

と、何度も礼を言った。

その名前をつける時も字画など一切考えもせず、ただ文字の配列がいいなと思っただけのことである。その後、畠山氏からきいたところでは、林太郎君はすこやかに成

長しているようだ。

旅先でホテルに泊り、多くの留袖《とめそで》を着た婦人やモーニングを身につけた男性を眼にすると、今日は大安だな、と思う。結婚式は大安の日、葬儀は他に死者が出るのを恐れて友引の日を避け、その日は火葬場の休日となっているともきく。

暦学史の権威である内田正男氏の『暦と日本人』（雄山閣出版）という著書には、こんなことが書かれている。

先勝《せんかち》、友引、先負、仏滅、大安、赤口《しゃっこう》を暦の上では六曜と称す。その原型は中国だが、なんの根拠もない迷信であるとして中国では数百年も前に暦の本から姿を消したという。この六曜が日本に伝えられたのだが、江戸時代では迷信に類するものとしてほとんど重んじられていなかったらしい。

明治五年十一月九日、旧暦を廃して太陽暦とする改暦の布告が発せられた。この布告文に六曜などの旧暦にのっているものは、「妄誕無稽《むけい》（うそいつわりでよりどころもない）」であるとして禁じている。内田氏はこの著書で、明治の改暦の目的の一つは、六曜という迷信を絶つことにあった、とも記している。

さらに内田氏は、迷信禁止の網の目をくぐって明治十年代の後半から、いつの間にか暦に六曜が恐る恐る登場してきたと書いている。

恐る恐るではありながら、この六曜を書き添えた暦が思いがけず大当りとなり、売れに売れて暦商は大儲《おおもう》けをしたという。旧暦をもとにした六曜は、新暦（太陽暦）になっては意味のないもので、それこそなんの根拠もないものなのだが、それが人の生活に浸透して現在でも生きつづけているのである。

六曜とはこのような類《たぐ》いの迷信なのだが、なにも目くじら立てることはなく、こんなものもあってもさしつかえないのではないかと思う。迷信であると知りながら、それをやんわりと受けとめるのも人間のおおらかさなのだと思う。

おめでたいことなのだから、結婚式は一般には大安の日をえらぶ。迷信であるのだから、世の風習にさからって大凶である仏滅の日をえらぶのも、それはそれでいい。結婚式場を使う人はいないから、悠々と式も披露宴も営むことができる。ただし媒酌人には、挨拶《あいさつ》の辞で「今日はお日柄もよろしく」とは言わないで欲しい、とあらかじめ頼んでおくことが必要だろう。

私も妻も結婚後はあわただしい生活の中で、世の習いでもある結婚記念日のささやかな祝いをすることもなく過ぎた。二、三年前から外に出て食事でもしようかと話し合うようになったが、肝腎《かんじん》の結婚した日がいつであったのかあやふやなのである。

私が二十六歳、妻が二十五歳。結婚したのはその年の十一月五日前後であることは二人の記憶が一致している。

歴史小説の史実調べでは探究に労を惜しまないのに、自分のことについては結婚した日まで知らない。来年は結婚後五十年になり、それを控えていることもあって結婚した日を確実に突きとめてみる気になった。

挙式したのは上野精養軒なので、当時の記録がないかと電話でたずねてみたが、

「申訳ありません、残っておりません。専属の写真館にも問合わせてみましたが、わからないとのことです」

との答えであった。

その頃は日記はつけていなかったし、さてどうしたものか、と思った。なんとなく歴史小説の史実調べをするような真剣な気持になっていた。

結婚したのが暦の先勝の日であったことは、確実な記憶である。大安の日は精養軒に結婚式の先約があって、大安に準ずる先勝の日としたのである。

これが結婚した日を探る手がかりになると考えた私は、毎年、初詣《はつもうで》に浅草の観音様に行った折に買い求める運勢暦の出版元に電話をした。

「昭和二十八年十一月初旬の先勝の日は、いつでしょうか」

私の問いに、少しお待ち下さいという声がして、その年の暦を繰ってくれたらしく、

「それは十一月五日です」

という女性の声がした。

これによって、私たちが結婚した日は確定した。私も妻も漠然と十一月五日ではなかったか、という思いがあっただけに、気分がすっきりした。

内田氏の著書に「六曜の解釈」という項がもうけられていて、

「大安は大吉日なり、なにごともよろずよし」

とある。それにつづくめでたい日である先勝はどうかというと、

「万事、あさよりひるまでにすればさわりなし、ひるすぎより日暮（れ）まではわるし（凶）」

と、書かれている。

私たちの結婚式と披露宴は「ひるすぎ」からはじまって日没時に終っていて、凶ということになる。しかし、それから五十年近く、曲りなりにも妻と一応共に暮してきたのだから、よしとしなければならない。結婚した日がはっきりしたのは暦のおかげで、それがなければわからずにすごしたのだろう。

六曜はたしかに迷信にちがいはないが、これと言った実害がないようだから大目に見てよいのではないか。人が生きてゆく上でのささやかな彩《いろど》りと考えればいい。

今年こそははっきりした結婚記念日に妻と小旅行でもしようと思い、さてその日は？　と暦を調べてみたら仏滅、「大悪日なり」とある。これには思わず笑ってしまった。しかし、暦はどうあろうと、私には結婚記念日であることの方が大切で、妻とともに一泊程度の旅に出ようと思う。

店じまい

一ヵ月前の夜、近くの鮨屋《すしや》の店主が家にやって来た。玄関に出ると、珍しく店主の妻も傍らに立っている。入るようながした私は、夜、しかも夫婦そろって来たことで、訪れてきた理由を即座に察することができ、困ったなと胸の中でつぶやいた。

和室に通った店主が、鮨の入った大きな桶《おけ》をテーブルに置くと、店じまいをすることを口にし、

「長い間、お世話になりました」

と言って、妻とともに頭をさげた。

店主は思いがけずおだやかな眼をしていたが、かれの妻は涙ぐんでいて、近くの街のマーケットで鮨が売られ、回転鮨もふえて商いが成り立たなくなった、と言葉少なに語った。

「困ったね」

私は、それだけしか言えず、二人が玄関で頭をさげて出てゆくのを見送った。

夫婦が家の近くに店を開いたのは、十八年前であった。私の家から百メートルほどの所にあったので、開店後、週に一、二度は足をむけるようになった。値段が安い割に種も程々で、長年鮨職人をしていたというだけあって握りがたしかなこともあって、夜、店にゆくのが楽しみであった。

客はほとんど町の人に限られていて、職人、会社員、商店主などさまざまで、それらの人がソフトボールのチームをつくり、年長の私が名ばかりの総監督に推されて試合の応援に行ったりもした。

店は、私にとって重宝であった。夜、訪れてきた編集者を店に誘い、くつろいで飲むためか、話し合っているうちに小説の題名をきめたことも多かった。

また、家族に祝いごとがあった時には、長男、長女一家を呼び寄せ、鮨を取ってにぎやかな一刻《ひととき》をすごす。店主は孫にそれぞれの好みの鮨をにぎってくれた。

年末になって荒巻きが送られてくると、店主がやって来て庖丁《ほうちょう》を入れてくれる。生魚は刺身にし、ツマやワサビも添える。店主は岩手県生れで、訛《なま》りが多分に残っているのが好ましく、人柄のよいかれが不機嫌そうな表情をしているのを見たことはなかった。山芋掘り、兎《うさぎ》狩りなど故郷の話をよくし、私の知らぬことであったので興味深かった。

店に翳《かげ》りが出はじめたのは、数年前からだった。

店は商店街のはずれにあって、大きなマーケットが進出したため、商店街は活気を失い、シャッターをおろして閉店する店が相ついだ。鮨屋の近くには八百屋、パン屋、装飾品店などがあったが、それらもことごとく消え、鮨屋のみが店を開いているだけになった。

その頃から、客は日を追って減り、私は落着かなくなった。カウンターの上に垂れたノレンが色褪《いろあ》せているのを見て、新しいノレンを寄附したり、古びた石油ストーブを処分させて新品のストーブを持ち込んだりした。年に四回おこなう同好者との句会を、奥の六畳間でもよおすようなこともした。

或《あ》る雪が降った翌朝、店主が私の家のある路地の雪搔《ゆきか》きをしているのを見た。私とかれとの心の交流は深まっていた。

一年ほど前から、夜、店に行っても客の姿を見ることはなくなった。私が入ってゆくと、かれは一人でテレビを観《み》ている。店に出ていたかれの妻は、いつしかパートタイマーの仕事をするようになり、姿を見せなくなっていた。

私は、かれと話をしながら鮨を肴《さかな》に酒を飲む。二時間ほどいて帰るまで入ってくる客はなく、出前の註文電話もかかることはなかった。

いつ、かれが店をやめるか。私はそれが気がかりで店に行くことをつづけ、妻にも行くようしきりにすすめられていたが、遂《つい》に最後の刻《とき》がやってきたのだ。

私は内心、安堵《あんど》も感じていた。店主は一切愚痴をこぼすこともなく店をつづけてきたが、人間の努力には限界があり、もうこれ以上頑張らなくてもよいのだ、と声をかけたい気持であった。

私は、餞別《せんべつ》の入った熨斗《のし》袋を手に店へ行った。珍しくにぎやかな声がしていて、店で顔見知りの宅配便を配達する男が、母、妻、子供とともにカウンターの前に坐《すわ》っていた。店じまいすることを知った男が、家族を連れて店主と別れの酒を交していることはあきらかだった。

私は餞別を店主の妻にひそかに渡し、路上に出た。突き出し看板にまだ光が入っているのを眼にしながら、家への路地を入っていった。

お食事

所用があって、東京駅の近くに行き、用事もすませたので八重洲《やえす》のブックセンターに入った。私がおもむくのは歴史関係の書物が並ぶコーナーで、今回は評論家の渡辺保氏が書評にとりあげておられた『梅若実日記』第二巻を買った。

ブックセンターを出て駅の近くで昼食をすませ、帰宅するため中央線の電車のホームに行った。

すぐに折り返す電車が来て、私は車内に入った。時間が時間だけに乗客は少い。

私が座席に坐ると、二十七、八歳とおぼしき外国の女性が乗ってきて、向い合った席に腰をおろした。色が白く、大柄な女性だ。

彼女は、やおら手さげ袋からプラスチックの箱型容器を取り出し膝《ひざ》の上に置いた。それは駅弁で、蓋《ふた》をとり、割箸《わりばし》を手にすると、胡麻《ごま》をふりかけた小さな枕《まくら》のような形をしている米飯を口に入れた。

電車内で菓子パンを食べる若い男女を見たことはあるが、一年ほど前には、パンにジャムを塗って野菜サラダを口にし、おもむろにスープをカップに注いで飲んでいる三十年輩の女性を眼にした。それも外国人であった。

私は、眼の前の女性が副食物を箸にはさみ、米飯を口に運ぶのを見るともなくながめていた。列車内で弁当を使うのは通常だが、電車内で食事をしてはならぬという法律はなく、社会常識としてそれをとがめ立てする定めもない。あえて言えば私にとって彼女の行為は意表をついたもので、半ば呆然《ぼうぜん》とながめているだけであった。

車内はすいていて、彼女が、他人の眼を気にする気配は少しもなく、口を動かして食物を咀嚼《そしやく》しているのを眼にしているのは落着かない。のんびりと電車に乗っていたい気持があり、私は席を立つと隣りの車輛《しやりよう》に移り、座席に腰をおろした。

二度とも外国の女性であったことからみると、外国では、電車内での食事は別に不思議ではないのだろうか。外国に住んだことのない私にはわからない。

食事は、列車内ではよく、電車の中ではいけないというのは、理屈に合わないとも言える。さすがにバスの中でそのような情景を眼にしたことはないが、観光バスでは食事をし、酒を飲んでいる者もいる。

なにやら釈然としない思いで、目的の駅で下車し、歩きながらホームから車内の外国人女性を見ると、駅売りの容器に入っている茶を、ゆったりと飲んでいるのが見えた。

席をゆずられて

電車に乗っている時、六十年輩の婦人が吊《つ》り革をつかんで立っているのを眼にした。婦人の前の座席には青年が坐っていたが、急に立ち上がると婦人に席をゆずった。その瞬間、婦人は思いがけぬことであったらしく、顔に狼狽《ろうばい》の色をうかべ、無言でその場をはなれると、半ば走るように前の車輌の方へ去った。席をゆずった青年は、呆気《あっけ》にとられたように立っていたが、再び席に腰をおろした。私は、前の車輌の方に眼をむけながら、その婦人の気持が痛いほどよくわかった。婦人はそれまで一度も席をゆずられたことはなく、それが席をゆずられたことで、外見上そのような年齢にみられていることに驚き、悲しみに似たものを感じてあわただしくその場をはなれたにちがいなかった。

せっかくの好意で席をゆずった青年が、気の毒であった。

その情景を眼にして、私は十年近く前に見た一つのことを思い起こした。

その日も都心に行くために電車に乗ったが、写真で見たことのあるドイツ文学者の高橋健二氏が近くに立っているのに気づいた。氏が飜訳《ほんやく》した数多くのヘッセの小説を愛読していた私は、畏敬《いけい》の念をもってひそかに氏の姿をうかがい見ていた。

氏は、紺の背広にベレー帽をかぶられ、背が高く、ひきしまった体つきをしていた。氏の前の座席に坐っていた若い女性が、おもむろに立つと、坐るよう手でうながした。

氏は、ベレー帽をぬぎ、感謝の言葉を口にしているらしく深く頭をさげ、その席に腰をおろした。その仕種《しぐさ》がまことに優美で、私は美しいものを見た、と思った。緑の濃い季節で、氏が坐った座席の窓が緑一色にそまり、氏のいんぎんに頭をさげた姿が、緑の色と調和しているように見えた。

なおも氏の姿を見ていると、氏は、その女性がおりる時、立って再びベレー帽をぬぎ、頭をさげた。

私も、いつしか若い方に年に一、二度席をゆずられる年齢になった。

その度に私は、高橋氏のことを思い起こし、丁重に頭をさげ、「ありがとうございます」と言って座席に腰をおろす。ゆずった若い人は恥ずかしいのか、私の前からはなれる。

その方が駅でおりる時、私はその方向に眼をむけ、目礼する。

夫への不満

電話がかかってきて受話器をとると、妻の学校時代の女友達からで、私が電話口に出たことに恐縮している。品のある女性の声であった。

私は妻に受話器を渡した。長い間会ったことのない友人らしく、妻はなつかしそうに話をしている。

一応挨拶《あいさつ》の言葉が終わると、妻は相手の話をきくだけになって、相槌《あいづち》を打っている。友人はなにかをしきりに訴えているようだった。

友人との言葉のやりとりで、友人の夫が定年退職しているらしいことがわかり、訴えは、それに関することのようであった。

黙って相槌を打っていた妻が、突然、

「そんなことは、私の家ではかなり前からそうよ。うちの人は小説を書いているから、毎日家にいて三食食べさせているわ」

と、少し甲高い声でたしなめるように言った。

これは、ただごとではない。二食なら飼っている犬か猫並みだ。

妻は、時には笑い、時にはまじめな顔をして同調したりたしなめたりしている。友人は、夫に対する不満を述べているようだった。

しばらくして、妻は、受話器を置いた。

「なんだね、私には三食食べさせているとは」

私は、たずねた。

妻は、眼に笑いの色をうかべて説明した。

友人の夫は、定年退職してから家にいて、そのため三度の食事をととのえ食べさせなければならず、それだけ仕事がふえている。

「外出でもしてくれればいいのに、一日中、居間に坐ってテレビを見たりしている。それがうっとうしくて、と彼女は言うのよ」

自分の家なのだから、坐っていてもよいではないか。

「かなり神経が参っているらしく、夫が私の前を通ったりするのよ、と、それも不満なのね」

妻は、かすかに笑った。

人間なのだから歩きもするし、妻の前を通ることもする。それが不満では、夫たるもの、立つ瀬がない。

それから一年ほどして妻から、友人の夫が死んだと手紙で伝えてきたことをきいた。手紙には、夫がいなくなってぽっかり空洞が開いたみたいで、淋《さび》しくてたまらない、と書いてあったという。

「そうかい」

私は、それだけ言って黙っていた。

御自愛下さるように

十年ほど前から、新聞の社会面をひらくと自然に最下段の死亡欄に眼が行く。歿年《ぼつねん》を見て、自分より若く死んで気の毒だと思ったり、長命で大往生だったのだな、と考えたりする。

時には、その欄で知人の死を知り、告別式におもむくこともある。

今朝、珍しい死亡記事を眼にした。財界の要職にある方の父と母の死が、別枠で並んでのせられている。父は心不全のため死去とあり、母は老衰のため死去。死亡日を見ると、父の死の翌日に母が死んでいて、葬儀は合同で営む、とある。

年齢は、いずれも八十歳代で、夫が心不全ということからみて急死の確率が高く、その死に衝撃を受けて妻が死亡したと想像される。彼女の死因を老衰としてあることが痛々しい。

似たような例は、この世には多い。

二、三度会ったことのある作家が、十数年前、六十歳代後半で病死したが、その通《つ》夜《や》の席で夫人が倒れ、そのまま死亡した。恐らく夫人は、夫の看病で心身ともに疲労の極に達し、夫の死でさらに悲しみが重なって死の淵《ふち》に落ちていったのだろう。

これに近いことが、わが身にもあった。

弟は二十年前に肺癌《はいがん》で死んだが、その死に至るまでのことは「冷い夏、熱い夏」に私小説として書いた。最後の約半年間、弟は個人病院で苦痛に喘《あえ》ぎながら寝たきりで日々をすごした。

家から二時間近くもかかる病院であったので、私は病院に近いビジネスホテルに計六十七夜泊ることをくり返し、弟を見守りつづけた。

ホテルの空調設備はきわめて悪く、そのような生活の連続が私の肉体をむしばみ、弟の病室で半ば失神状態におちいって、ベッドに寝かされ点滴を受けたこともある。

弟の死で通夜、葬儀を一身に引受けたが、その後、半年間は体調が極度に悪化し、妻は私が死ぬのではないか、と思ったという。

こうした体験から、夫の死に見舞われた夫人への悔み状には、体調に留意し「十分に御自愛下さるように」と書くことを常としている。

幸いにも、私の周辺では夫を亡《な》くした妻が後を追うように死亡した例はない。むしろひどく明るい表情になって体調もよいらしく、旅行や観劇に出掛けたりしている。「御自愛下さるように」という悔み状は出さなくてもよい場合もあるようだ。

雪国の墓

雪国の町の墓地に、墓を建てた。菩提寺《ぼだいじ》はあるものの、私は八男で、どこに墓を建てても差しつかえはない。妻も賛成してくれた。

それを知った町の親しいレストランの主人は、

「冬に墓が雪に埋れる地などに、なぜ墓を建てたのですか。気が知れない」

と、いぶかしそうに言った。

私は、黙って笑っていた。

幕末にオランダ通詞《つうじ》をしていた堀達之助を主人公にした、「黒船」という小説を書いたことがある。堀は、ペリー艦隊が浦賀に初来航した折に主席通詞となり、その後、江戸から函館へ移り、明治維新後も通訳官として働いた外交史上重要な人物である。

孤独な生活をしていたかれは、四十七歳の折に三十四歳の美也という女を妻とした。美也も不運な女性で、結婚して一男一女の母となったが、夫に死別し、下北半島の田名部の徳玄寺に身を寄せていた。

この寺で美也と会った堀は、そのつつましい性格と驚くほどの美しさにたちまち心をうばわれ、赴任していた函館に呼び寄せて妻としたのである。

美也との生活は、たとえようのない喜びをかれにあたえ、美也はかれにとって貴重な宝に感じられた。

しかし、結婚後三年で美也は、肺焮衝《はいきんしょう》（肺炎）で死亡し、かれは激しく嘆き悲しんだ。

美也の遺骨は、菩提寺である徳玄寺に送られ、墓地に埋葬された。

私は、その墓を見たいと思い、早春に田名部におもむき、徳玄寺を訪れた。

墓地は雪におおわれ、墓はすべて三分の二ほどが雪に埋れ、私は、美也の墓を見つめた。

並ぶ墓の頂きには、あたかも冠をつけたように雪がのっている。東京で生れ育った私には、見たこともない情景だった。爽《さわ》やかな感動が胸にひろがった。美也の墓がすがすがしいものに感じられた。冬季には全く雪に埋れている墓も春の到来とともに、雪がとけ、徐々に全身をあらわしてくる。

その時から自分の墓はぜひ雪国に、と思い、冬に雪におおわれる町の墓地に墓を建てたのだ。

積雪期に、墓はすっぽり雪に埋れる。雪の中は温く、春が近づくと墓の周囲には雪どけ水の流れる音がし、やがて碑面が洗われたようにあらわれる。

妻とともに早春に墓所に行ってみた。私たちの墓は雪に埋れ、頂きにのった雪が春の陽光にかがやいていた。

庭の鼠《ねずみ》

夜、居間の椅子《いす》に坐《すわ》ってウイスキーの水割りを飲みながら、窓の外に眼をむけていることがある。庭に隣接して広大な公園があり、その遊歩道に立てられた園燈《えんとう》の光が、茂った樹葉の間から見える。

梶井基次郎の「闇《やみ》の絵巻」という短篇で、作者である「私」が、山間部の療養地の山道をたどって、闇の中で電燈の光を見るくだりがある。園燈がそれと同じ感じで、闇の中で息づくように点状にともっている。その光を見ると、なにかなつかしいような、しんみりした気分になる。

眼に、動くものがとらえられた。居間の外に長方形の池があって錦鯉《にしきごい》を飼っている。その池のコンクリートのふちに、右手から鼠が姿を現わし、左手に消えた。体長二十センチほどの鼠で、体毛と体の大きさからドブ鼠であることはあきらかだった。

獣道《けものみち》という言葉があるが、鼠の通る道はほぼ一定していることを知っている私は、池のふちを見つめていた。鼠は、池のふちを必ずもどってくるはずだ、と思ったのだ。予感は的中し、鼠が左手の闇から姿を現わし、右方向に歩いてゆく。尾が池のふちに垂れてふれているほど、体が大きい。前方に眼をむけ、江戸時代の旅人がスタスタと街道を歩いてゆくような足どりで、右手の闇に消えた。

秘書兼家事をしてくれている住込みの娘さんから、数日前、庭で大きな鼠をみたという話をきいていた。その鼠にちがいなく、恐らく公園からでも庭に入り、居ついているのだろうか。

少年時代、鼠はよく眼にした。夜になると、騒がしく天井裏を走りまわる音がした。

中学生の頃、地方の町に行って小さな宿屋に泊った時、掛けぶとんの上に重いものがずしりとのったのを感じ、見ると大きな鼠であった。鼠は、ふとんの上を走って部屋の隅に消えた。

猫を飼っている家が多かったが、それは鼠を捕食してくれるからであった。太い針金でつくられた籠《かご》状の鼠取り器も、各家におかれていた。

現在では、鼠を眼にすることはほとんどない。盛り場の飲食街などには鼠が多くいるらしく、捕殺の専門会社があって、鼠を捕えるシーンがテレビの画面に写し出されるのを何度か見た。しかし、私の家をふくむ都会の一般家庭ではめったに見ることはなく、池のふちを歩いていった鼠が、都会にすむ数少い野生動物に思えた。

三十年ほど前、初めて四国の宇和島市に行き、定期船に乗って沖にうかぶ日振《ひぶり》島という島に渡った。その島では、数年前まで異常繁殖した鼠で恐慌《きようこう》状態におちいり、それがようやく鎮静化したのは、鼠の大群が海を泳いで島をはなれたからであることを知り、小説の素材になると思って調査におもむいたのである。

異常繁殖に驚いた宇和島の市役所では、専門の学者に調査を依頼した。その結果、鼠の数は推定五十万匹で、人口二千名の島民一人当り二百五十匹という計算になり、鼠の中に人が住んでいるといった状態であった。

私が島に行った時には鼠の気配はなくなっていたが、泊った宿屋の壁や天井の隅にはいくつも鼠の出入りしていた穴がうがたれていた。鼠の巣は主として石垣の穴だったというが、たしかに石垣には多くの穴がみられた。

その駆除を担当したのは、久保田豊さんという宇和島市役所の吏員で、鼠課長と呼ばれていた。

久保田さんの奮闘ぶりはすさまじいもので、私は話をききながら思わず笑い声をあげることもあった。鼠取り器を島の家々に配布したが、鼠を捕えることはできたものの、島で干されている魚や農作物をふんだんに食べているので栄養状態がよく、肥えている。そのため鼠取り器の入口から入れず、籠の外で入ろうとうろうろしている鼠も多かったという。

久保田さんは、専門家の意見を入れて鼠の天敵である蛇、鼬《いたち》、猫を導入したり各種の駆鼠剤《くそ》を使用したが、いずれも鼠の繁殖をおさえることはできなかった。

それがある夜、島からはなれて泳ぐ鼠の群れが目撃され、それで島から鼠の姿が消えた。苛酷《かこく》な労働を要する段々畠《ばたけ》での耕作に従事する者がへり、それに潮流の変化のため漁獲量も少くなって、島に餌《えさ》になる食物が激減したことが原因とみられた。

その頃になると、鼠の間で苛烈な共食いがはじまっていて、ついに鼠は島に魅力を失ってはなれていったのだ。

島での実地踏査を終えた私は、小料理屋の二階の座敷に久保田さんをお招きして、克明に駆除話をしてくれた礼を述べ、酒を酌《く》み合った。

「たとえばですよ」

と言って、久保田さんは立ち上り、部屋におかれた新聞紙を丸めて筒状にした。

「この部屋に鼠が出てきた場合には……」

かれは、まじめな表情で説明した。

鼠をたたき殺そうとして箒《ほうき》などで追いまわすのは、愚の骨頂だ、と言った。鼠は極度の近視で、体をなにかにふれさせながら歩く習性がある。部屋ならば、壁にそって歩く。

それを箒などで追えば、鼠は驚いて対角線上を走ったりする。

「それで新聞紙を丸めて、片方をゴム紐《ひも》などで閉じて、このように……」

と言って、かれは筒状にした新聞紙を部屋の壁ぎわに置いた。

「そして、ゆっくりと鼠を追うと、壁にそって進んだ鼠は、身をかくそうとして丸めた新聞紙の中に入る。それを新聞紙ごとたたきつけて殺す」

久保田さんは、勢いよく新聞紙を畳にたたきつけた。

久保田さんは、席にもどると杯をとり上げた。その真剣な表情に、私も笑うことなどできなかった。

向い合って酒を飲みながら、

「久保田さんの眼は、鼠の眼に似ていますね」

と、失礼とは思いながらも、感じたままのことを口にした。

「そうです。よく言われます。女房などは、鼠駆除に取り組んでいた頃は、鼠の眼そっくりだ、と言っていました」

久保田さんは、私を見つめたまま言った。

その後、公務で上京した久保田さんを、私は新宿に誘った。

小料理屋に行く途中、かれは立ちどまって、

「ここらにも大分鼠がいますね」

とつぶやき、溝に眼をむけている。

「どうしてわかるのですか」

私がたずねると、

「糞《ふん》がありますよ。それに足跡も……」

と言って、久保田さんは身をかがめて溝を見つめていた。

池のふちを歩いていった鼠を眼にした私は、久保田さんから鼠の話をあれこれときいたことを思い起していた。

庭に闖入《ちんにゅう》してきている鼠は、戸主の責任として駆除しなければならない。駆鼠剤を使うことも考えられるが、庭には犬がいて、それを口にする恐れがある。

久保田さんは、最初の駆除方法として鼠取り器を使ったと言っていたが、わが家の場合もそれが適当な方法だろう、と思った。

しかし、少年時代、眼になじんだ鼠取り器をかなり前から見たことはなく、むろん家にもない。果してそれを売っている店があるかどうか。

とりあえず街に出て物色してみようと思い、近くの商店街に行った。

大きな金物店に入って探してみると、目立たぬ場所にそれはあった。少年時代に見たものとは形がちがっていたが、原理は同じで、貴重なものでも買い求めたように、それを家に持ち帰った。

籠の上方に太い針金を弧状に曲げたものがある。それをひき上げると入口の扉がひらき、籠の中からのびた針金の鉤《かぎ》をひっかけて固定する。

私が籠の中に手を突き入れ、針金の先端の餌をつける部分に指をふれると、鉤が弧状の針金からはずれ、同時に入口の扉が勢いよくしまり、私は手首をはさまれた。

これでよし、私は満足だった。

鼠は夜行性なので、夕方、池のふちの近くの庭に面した家の壁ぎわに鼠取り器を置いた。鼠は近視で物に身をふれさせながら歩く、という久保田さんの言葉を思い出したのだ。餌は、チーズを細片にし、籠の中の針金にとりつけた。

「うまくかかりますかね」

妻は可笑《おか》しそうに言い、娘も疑わしそうな眼をしている。

「まかしておけ。鼠に関しては自信がある」

私は、酒を飲みながら言った。

翌日、夜明けに眼をさました。鼠取り器が気がかりであったのだ。

私は階下におり、庭に出た。

壁ぎわに置かれた鼠取り器が、荒々しく動いている。いた、いた、捕えたぞ、私は近づき、籠の中を見つめた。

大きな鼠で、尾が籠の外に出ている。精悍《せいかん》に籠の中を動きまわり、野獣と言った感じであった。眼が鋭く光っていて、食いちぎられたチーズの細片が、下に落ちていた。

やがて起きてきた妻と娘は、おびえたような眼をして籠の中を見つめている。

鼠の処理をどうするか。

「水に浸《つ》けることなんか、しないで下さいよ」

妻が、甲高い声で言った。

少年時代、鼠取り器で捕えた鼠は水に浸けて水死させるのが常であった。妻もそれを見たことがあるのだろう。

「わかっていますよ。そんなことはしません。私は鼠の専門家なのです」

私は、おだやかな口調で言った。

日振島で異常繁殖した鼠のことを調べている時、鼠は一日に体重の三分の一の量の餌を食べることを知った。その旺盛《おうせい》な食欲で島の漁獲物、農作物が大被害を受けたのだ。

私は、このまま籠の中にとじ込めておけば鼠は必ず餓死すると思った。

朝になると、鼠取り器を見る。翌々日には、鼠にあきらかに変化が起きていた。荒々しい動きが消え、少しの間、動かないこともある。

鼠を見つめていた大学生の娘が、私にむかって、

「飼ってやったらどうかしら。可愛《かわい》い眼をしている。籠の中に入れておけば悪いことをしないのですから……」

と、言った。

思いがけぬ言葉に、私は呆気《あっけ》にとられた。たしかに潤《うる》んだような眼が可愛いと言われればそうかも知れないが、捕えたドブ鼠を飼うとは常軌を逸している。娘の優しい気持はわかるが、このまま静かに死を迎えさせてやればいいのだ、と思った。

鼠はさらに動かなくなり、捕えて四日目に身を横たえているのを見た。

私は、庭の隅に穴を掘り、鼠を入れて土をかぶせた。

今年も、久保田さんから年賀状が来た。市役所を退職してからお宅にうかがったことがあるが、元気に暮しておられるようだ。

庭の鼠を捕えたことを自慢気に年賀状に記したことがあるような気もするが、記憶は定かではない。丸めた新聞紙を勢いよく畳にたたきつけた久保田さんの姿が、あらためて思い起される。

その後、庭に鼠を見ることは絶えてない。

世間は狭い

先日、日ロ交流協会理事長の尾関氏から電話があった。

三年前の十二月中旬、氏が駐日ロシア公使夫人と拙宅に来て下さったことがある。私が書いた「ニコライ遭難」という小説をロシアで出版したいという申出があり、日本語に堪能《たんのう》な公使夫人が飜訳《ほんやく》を担当するということで、夫人を連れてきたのである。

三十五、六歳と思われる夫人は美しく、驚くほど正しい日本語を口にし、私は飜訳出版を承諾した。

「ニコライ遭難」とは、明治二十四年に来日したロシアの皇太子ニコライが、琵琶湖《びわこ》遊覧を終えて大津の町を人力車で通過中、警察官津田三蔵に襲われ負傷した、いわゆる大津事件を素材にした小説である。

その飜訳が成って、二ヵ月ほど前、しっかりした製本、装幀《そうてい》の単行本が送られてきた。もとよりロシア語を知らぬ私は、ただロシアの文字が並んでいるのをながめるだけであった。

さて、尾関氏からの電話の内容はこのようなものであった。

歴史小説を書くロシアの作家が、東京で開かれる文学関係の催しで来日するが、その催しの前に私にぜひ会って話をしたいと言っているので、会ってやって欲しいという。

ドストエフスキーとかチェホフのロシアの小説を訳文で数多く読んだことはあるが、現在のロシアの文学事情には全く知識がないので、お会いしても話すことはない、と答えた。

しかし、尾関氏は、ともかく会って欲しいと言い、私も承諾した。

それから間もなく、日ロ交流協会の鈴川氏という方から電話があり、氏がグザーノフという作家を私の家に連れてゆくというので、日時を打合わせた。日本語の巧みな通訳を連れてゆくという。

私は、鈴川氏にファックスで自宅までの略図を送った。

約束した日に、三人が訪れてきた。グザーノフ氏は体の大きい白髪の方で、通訳は若いロシアの女性であった。

グザーノフ氏は、歴史小説を書いているが、所々にフィクションをまじえて小説を構成していると言い、その点についてどのように考えているか、とたずねた。

私は、史実そのものがドラマであると考えているので、フィクションをまじえることはしない、と答えた。鈴川氏が補足して、ロシアの歴史小説はすべて思うままにフイクションを随所に挿入していて、その点が私の書いている歴史小説とはちがう、と言った。

小説「ニコライ遭難」の話になり、来日して長崎に上陸したニコライ皇太子が、ロシア語に通じたお栄という女性と肉体関係をむすんだ、と私が書いたことについての話になった。

グザーノフ氏は、その後、お栄がロシアの海軍士官と結婚し、男子をもうけ、その子供が成人して日本にも住んでいたという話をした。それは私の小説には関係のないことではあったものの、グザーノフ氏が日本のことについて真摯《しんし》に研究しているのを感じ、私は敬意を表した。

二時間ほどで話し合いは終り、小雨が落ちてきていたので、息子の妻が車で三人を駅まで送っていった。

私は風邪気味で、体温計で検温すると三十七度二分あり、心配した息子の妻のすすめで車に乗せてもらい、森田医院に行った。院長の森田功氏は小説、エッセイで数多くの著書をもつ作家でもあったが、四年前に大腸癌《がん》で亡《な》くなられ、医師である森田夫人が医院をひきついでいた。

その日の診療が終る直前で、待合室には初老の女性が一人いるだけで、彼女が診察室に入り、やがて出てきた。

私は名を呼ばれ、診察室に入り、森田夫人と向き合った椅子《いす》に坐《すわ》った。

「今日、ロシアの作家がお宅に行きましたでしょう」

夫人は、すぐに言った。

私は、思いがけぬ言葉に呆気にとられた。グザーノフ氏たちは私の家に来て、去ったばかりである。それなのになぜ夫人がそれを知っているのか。

「たしかにロシアの作家が来ましたが、どうして御存知なのですか」

私は、夫人の顔を見つめた。

夫人は、にこやかな表情で話しはじめたが、それは信じがたい内容であった。

私の前に診察を受けた女性は、今日、イラクから成田空港に帰ってきたが、風邪をひいていたので医院にやってきた。

その女性の語ったところによると、空港のロビーで外国人の娘さんに日本語で話しかけられた。その娘さんは、傍《かたわ》らにいる体の大きな男性をロシアの作家だと言い、吉村昭さんという小説家の家に行くのだが、どのようにして行ったらよいのか、とたずねた。

女性は私と同じ町内に住んでいる人で私の家を知っていて、

「中央線の吉祥寺駅で下車すればいい」

と、答えたという。

私は、へーえと言ったきり、次の言葉が出なかった。そう言えば、私が待合室に入った時、女性が軽く私に頭をさげたことを思い出していた。私の名など余程の文学好きの人でなければ知らぬはずだし、まして家の所在を知る人は皆無と言っていい。女性に話しかけてきたという外国人の娘さんは、グザーノフ氏に付添って私の家に来た通訳にちがいなかった。

その通訳が、多くの人がいる空港で女性に私の家へ行く方法をきいたことがまず不思議であり、たまたま女性が私の家の所在を知っていて答えたというのは、さらに通常ではあり得ないことだ。私がファックスで自宅への略図を送った日ロ交流協会の鈴川氏は、それから少し遅れてグザーノフ氏を空港に迎えに行ったのだろうか。

私はその話に茫然《ぼうぜん》とし、森田夫人の診察を受け、風邪薬である抗生物質と粉薬をもらって帰宅した。

その日から三日がたつが、今でも私はぼんやりしている。

まず通訳が、空港で女性に私の家に行く道筋をたずねたことが不可解であった。

私は、こんな情景を思いえがいた。小さな村の駅にボストンバッグを手にした旅行者が降り立つ。村に訪れたい人がいて、駅前にいた女性にその家への道筋をたずねる。小さな村なので、女性はその家の所在を知っていて教える。

それと同じような感じで、通訳は空港にいた女性に私の家へ行く方法をたずねたのではないのか。

広大なロシアからみれば、日本は世界地図でかすかに眼にできるにすぎない小さな島国で、その中の一点である東京に住む私の家など女性にたずねれば、教えてくれると思ったのではないのだろうか。偶然にもその女性が、私と同じ町に住んでいたことから、私の家の所在を教えたのだろう。

私の頭は混乱し、あれこれと考えてみる。まことに不思議な話で、ロシアは広大な国であり、日本は小さな島国であることから、このような信じがたいことが起ったとしか思えない。

俗に世間は狭いという言葉があるが、こんなこともあるのか、と空恐しさを感じた。

二十年ほど前、心臓移植の小説を書く調査のため南アフリカへ行く途中、パリのホテルに投宿し、ルーブル美術館に入った。

その時、広い石段からおりてくる男性を眼にした。それは、大学時代、同じ文芸部に所属していた川嶋保良《やすよし》君であった。かれが毎日新聞の美術記者になっているということはきいていた。

大学を去ってから三十年以上も全く会ったことのないかれと、日本ではなくパリで会ったことに不思議な思いがし、その時も世間は狭い、とつくづく思った。

なじみのバーを経営している店主が、こんな話をした。

妻の眼を盗んで女性と肉体関係をむすび、ある日、タクシーにその女性と乗り、目的の場所に来て下車した。その時、タクシーに乗ろうとした女性が眼の前に立っていたが、それが妻であったという。

「それで女のことがばれたのですがね。よりにもよって女房が私の降りたばかりのタクシーに乗ろうとしていたなんて……」

かれは深く息をつくと、

「先生、この世の中には神様がいなくいるね。浮気をばらす神様が……」

と、真剣な眼をして言った。

本当にそうなのかも知れない。途方もない偶然と偶然をむすびつけるなにかが、この世には存在するらしい。
今日も私は、落着かない気分で書斎の机の前に坐っている。

ii
筆を執る

歴史小説としての敵討《かたきうち》

蘭学《らんがく》者高野長英を主人公とした「長英逃亡」と題する歴史小説を書いたことがある。長英は江戸から長崎に行ってシーボルトに師事し医学をまなんだが、オランダ語理解の度はきわめて秀《すぐ》れ、その和訳の正確さは群を抜いていた。

そのうちにシーボルト事件が起って長英は難がふりかかるのを恐れて姿をくらまし、各地を転々とした後に江戸にもどり医師としてすごすかたわらオランダ書の飜訳《ほんやく》につとめた。やがて飜訳の仕事を介して洋学に強い関心をいだく渡辺崋山《かざん》を識《し》り、崋山の影響をうけて幕府の対外政策にふれた「夢物語」を書き、これが幕府の怒りをまねいて投獄される。その後、脱獄したが、長英が人間らしく生きたのは、この逃亡生活にあると考え、それによって「長英逃亡」と題したのである。

長英は越後《えちご》をへて奥羽《おうう》地方に身をひそませ、弘化《こうか》三年（一八四六）に江戸へひそかにもどる。

江戸での潜伏生活がはじまったが、その年に江戸で護持院《ごじいん》ヶ原《はら》の敵討として大評判になった事件が起り、私は社会相の一つとしてそれを「長英逃亡」の中に書き入れた。瓦版《かわらばん》になるなどその話で町々は持ち切りになったというから、当然、長英も概要を知ったはずである。

その事件の発端は、井上伝兵衛という剣客が本庄茂平次という男に闇討《やみう》ちにされたことからはじまっている。伝兵衛の弟である伊予《いよ》松山藩士の伝之丞が敵討に出る。ところが狡猾《こうかつ》な茂平次は伝之丞を不意に襲って殺害し、残された息子の伝一郎が、助太刀を申出た小松典膳という浪人とともに、伯父、父の敵である茂平次を懸命に探す。そして、遂《つい》に弘化三年に茂平次の姿を見出《みいだ》し、護持院ヶ原で討ち果した。それが護持院ヶ原の敵討として人々の大きな話題となったのである。

私はその史実を書きながら、森鷗外の小説「護持院原の敵討」を思い起していた。同じ地での敵討であるが、内容が異なっている。

鷗外の小説では、姫路藩士の山本三右衛門が亀蔵という男に不意討ちにあって殺され、三右衛門の子の宇平と実弟の山本九郎右衛門、亀蔵の顔を知っている仲間《ちゅうげん》の文吉の三人が亀蔵を追う。

そのうちに宇平は、どこにいるとも知れぬ亀蔵を探す敵討の旅に嫌気がさして姿を消し、九郎右衛門は文吉とともに旅をつづけ、やがて亀蔵を見出す。三右衛門の娘りよも加わり、護持院ヶ原で討果す。

鷗外はこの敵討を天保《てんぽう》六年（一八三五）としていて、私が「長英逃亡」に書いた護持院ヶ原の敵討の十一年前になる。

私の頭をかすめたのは、この小説はフィクションではないか、という不遜《ふそん》な考えであった。護持院ヶ原とは魅力のある地名で、鷗外は「護持院原の敵討」という題名のもとに創作したのではないか、と思ったのである。

しかし、これは私の勝手な推測にすぎず、調べてみると実際に天保六年に護持院ヶ原で敵討があり、鷗外は、山本九郎右衛門が本懐を遂げた後に姫路にもどって藩に提出した「山本復讐記《ふくしゅうき》」という報告書を史料として、この敵討を書いたことを知った。畏敬《いけい》する文学者の小説に疑念をいだいたことは申訳なく、それだけに護持院ヶ原でくりひろげられた二つの敵討が私の頭に焼きついた。

弘化三年に起った護持院ヶ原の敵討を「長英逃亡」に書いてから数年が経過した一昨年、その敵討が私の前に異様な形で現われた。

平成十年一月号から「文藝《ぶんげい》春秋」に一年半にわたって「夜明けの雷鳴」という歴史

小説を連載したが、史料しらべをしている間にその敵討が思いがけず顔をのぞかせたのである。

この歴史小説の主人公は、幕府の医官高松凌雲《りょううん》で、パリで開催された万国博覧会に招かれた幕末の将軍徳川慶喜《よしのぶ》の弟昭武《あきたけ》に随行して、フランスに渡っている。その一行に国情が緊迫した日本から勘定奉行の栗本鋤雲《くりもとじょうん》がパリにやって来て加わる。鋤雲は幕吏の中でフランス事情に精通した第一人者であり、パリにあってフランスとの協調工作につとめたが、日本の情勢が最終段階に入ったのをパリの新聞で知り、凌雲たちとともに幕府の崩壊した日本にもどった。

私はこの個所を書くため鋤雲について調べ、末裔《まつえい》の方にもお会いして日記、随想類を読んだが、その中に思いもかけぬ事柄が書かれているのに驚き、さらに史家の森銑《せん》三《ぞう》氏がそれを立証している記述も眼にした。

思いもかけぬこととは、老中水野忠邦《ただくに》の手足となって辣腕《らつわん》をふるった鳥居耀蔵《ようぞう》が弘化三年に起った護持院ヶ原での敵討に深く関与していたという事実であった。

敵討は本庄茂平次が剣客の井上伝兵衛を闇討ちにしたことからはじまっているが、鋤雲は、茂平次が鳥居の命によって伝兵衛を斬殺《ざんさつ》したことをあきらかにしている。

鳥居は、秀れた幕吏として高い評価を受けていた上席の矢部定謙《さだのり》の抹殺《まっさつ》を企て、手なずけていた茂平次を伝兵衛のもとにおもむかせ、矢部を暗殺するよう頼みこませた。謹直な伝兵衛は不法な依頼に激怒して拒絶し、鳥居は秘事を知った伝兵衛を生かしておくわけにはゆかぬとして茂平次に暗殺を命じ、茂平次はそれを実行に移したのである。弘化三年の護持院ヶ原での敵討は政治が深くからみ合ったもので、それを知った私は落着かなくなった。

私は敵討に全く関心はなく、鷗外の「護持院原の敵討」はいい作品とは思うものの、少年時代に読んだ荒木又右衛門や堀部安兵衛の敵討の物語などが単に興味本位の俗なものであったので、小説の対象とは無縁と思っていた。

これまで私が書いてきた歴史小説は、歴史の移行に強くかかわった事柄を対象としてきたが、敵討は個人と個人の刃傷《にんじよう》事件であり、歴史とは無関係であり、それが敵討になんの関心ももたぬ理由であった。編集者の中には、私に吉良《きら》邸に討入った赤穂《あこう》浪士のことを書くようすすめる人もいた。繰返しすすめるので赤穂まで行ったこともあるが、所詮《しよせん》は私的な争いにすぎず、歴史そのものになんの関与もしていないのを感じ、小説の素材とはなり得ぬと結論づけた。

そうした思いをいだく私は、弘化三年の敵討が政争によるものであるのを知り、無関心ではいられなくなった。

私は調査に手をつけ、茂平次に闇討ちされた井上伝兵衛、弟伝之丞と敵討を果した倅《せがれ》の伝十郎が伊予松山藩の藩士であることからその関係史料の入手につとめた。その後、調査を推し進めるにつれて、老中水野忠邦とともに鳥居耀蔵が強引に推し進めた激甚《げきじん》な政策である天保改革が深く関係していることを知り、やがて鳥居の失脚につぐ処罰、大火での思わぬ減刑によって護持院ヶ原で討手の伝十郎と助太刀の典膳の前に茂平次が姿をみせる経過が、政治、社会の変遷《へんせん》の中で浮き上ってきた。

この敵討は単なる私的闘争ではなく、それを書くのが歴史そのものを書くという確信を得て、小説「敵討」の筆をとった。

この小説の調査で、当然のことながら敵討についての多くの記録に眼を通した。敵に出遭えるのは百分の一にも満たぬ確率であるなど悲惨な所業であるのを知ったが、明治に入って最後の仇討《あだうち》として世に広く知られた敵討があったことに興味をいだいた。江戸から明治の時代に入り、政府は維新以来、西欧諸国の文物の導入に専念して法制の改革にもつとめ、その結果、江戸時代に美風とされていた敵討を謀殺と定義した。そこに至るまでには激しい議論が交されたが、結局政府は敵討禁止令を公布した。

最後の仇討と称された敵討は、その公布後におこなわれたもので、討手が裁判で無期刑を言渡され、獄に下った。その判決に世人のほとんどすべてが討手に同情し、依然として日本人の心情が江戸時代そのままであったのを知る。

私は、最後の仇討と言われた敵討も時代の変遷を明確にしめす事件であったのを感じ「敵討」について「最後の仇討」の執筆に手をつけたのである。

私としては、思いもしなかった二つの敵討を書いたことが、今もって不思議でならない。しかし、それなりの理由があり、ここにその経緯を書いた。

不釣合いなコーナー

このことは、他人様《ひとさま》に知られたくないので書きたくはない。しかし、人の好意によって実在しているものであり、それに応《こた》える義務があるようにも思え、ためらいがちに書く。

昨年の正月に八十八歳で病死した次兄が、五年ほど前、電話をかけてきた。兄は繊維会社を経営していて、私の生れ育った日暮里《につぽり》町の家の跡に建てられているマンションに妻と住んでいた。

兄は、こんなことを言った。マンションの前に日暮里図書館という区立図書館の分館があるが、何気なくマンションの窓から見下すと、図書館の一室に館員が私の著書らしいものを並べているのが見えた。不思議に思って図書館に行ってみると、六畳ほどの広さの部屋に私の著書が並べられていて、館員が、私の生家のあった地の前の図書館なので専用のコーナーをもうけたのだ、と言ったという。

「ありがたいことじゃないか。御礼に行かなきゃいけませんよ」

と、兄は言った。

もっともなことであるので、数日後に久しぶりに日暮里町に行き、図書館に入ってみた。たしかに一室に私の小説、随筆集の単行本が並べられていて、ガラスケースの中には私の生家があった地の位置をしめす地図が置かれていた。

館長に会い、お礼の言葉を述べた。その折の話で、館長は、私の書いた生原稿その他があると体裁がととのうのですが、と言い、これももっともだと思い、承諾した。

帰宅した私は、短篇の生原稿、「破獄」という小説のゲラに朱を入れたもの、小説「長英逃亡」を書いた折に用いた、今では使いものにならなくなっているモンブランの万年筆などをだんボールの箱におさめて図書館に送った。それらはガラスケースの中に収められた。

年に二回、小学校時代同じクラスであった七人の友人と町の小料理屋に集って小宴を開く。その日には少し早目に町の駅に降りるようにして図書館に行き、館員と短い時間雑談をする。

帰る折に私のコーナーもちょっとのぞくが、いつも人の姿はない。当然のことであり、それがこのコーナーにはふさわしい、とほほ笑ましい気分になる。

小説家は、書いたもののみがすべてであり、それ以外のものは人の眼にふれさせる必要はない、とひそかに思っている。つまり私のコーナーなどは、本来、私の性に合わないのである。

しかし、そのコーナーは私に特別な感慨をいだかせてくれる。町は昭和二十年四月中旬、夜間空襲で焦土と化し、住民は散って町のたたずまいは消失している。その町に行って図書館に入ると、図書館のある地には自転車屋、呉服屋、赤金（銅）で細工物をつくっていた職人の家があったことなどを思い出し、生家とその附近の家並が霧の中から浮び出るようによみがえる。

そのような地に、自分の著作その他がひっそりと並べられているのもいいではないか、と思ったりする。商人であった父は、母とともに終戦前後に病死しているが、思いもかけず小説家になった私のコーナーが生家のほとんど前の図書館にもうけられていることに、さぞかし驚き呆《あき》れるだろう、と思ったりする。

一週間前、図書館長から電話があって、ガラスケースの中にあった万年筆が盗難にあい、警察にもとどけたという。お詫《わ》びにうかがいたい、と館長は言った。

「そんなこと、どうでもいいじゃないですか。お詫びなんて……」

私は、警察にとは大袈裟《おおげさ》な、と言って笑った。いつも無人であったコーナーに、人が入っていたことが意外であり、万年筆は使用不能の代物《しろもの》でそんなものを盗んでみたところでなんの用にも立たない。私の使っていた万年筆だということに関心をもったのかも知れないが、世には物好きな、と言うより奇特な人がいるものだ、と思った。

昨夜は、年二回の小学校時代のクラスの友人と集る日で、私は早目に町の駅に降り、生家のあった地への道をたどった。人の姿はほとんどなく、車が稀《まれ》に通るだけでひっそりとしている。戦前にあった畳屋、医院が代替りで残っているだけで、その頃、顔見知りであった人はだれもいない。

図書館に行き、今では使っていない軽度の近眼の古びた眼鏡を館長に渡した。万年筆の代りにそれを置いてもらおうと、持ってきたのだ。

その日もコーナーに人の姿はなく、私はそれを一瞥《いちべつ》しただけで館外に出た。

私の死後一年ほどは、コーナーはそのまま残してもらってもよいが、その後は生原稿その他をすべて家に送り返してもらおうと思っている。

私には不釣合いなコーナーだが、消え去った町のたたずまいを思い起すよすがになっている空間で、それが楽しいだけで私の死後にはなんの意味もない。

私は、通る人もほとんどない道を友人たちの集る小料理屋にむかって歩いていった。

短歌と俳句

旧制中学校五年生の初夏、二度目の肺結核の発症で、翌年三月の卒業期までに一年の五分の三を病気欠席していた。

当然、落第を覚悟していたが、戦局の悪化で一年下の四年生が繰上げ卒業ということになり、私は偶然にも卒業できた。

その年は上級学校への入学試験はなく、内申書の審査のみで、病欠の多い私は進学することはできなかった。

やがて終戦を迎え、どうにか日常生活も可能になったので、受験準備のため御茶ノ水駅近くの正修英語学校という予備校に通うようになった。

教師に三井章敬という、参考書をいくつも世に出している著名な数学の教師がいた。

アララギ派の歌人で、授業の合間に短歌、詩、小説の話なども し、社会混乱のつづく中ですごしていた私には、その話が潤《うるお》いになった。先生の御自宅に友人とうかがって、お話をきくことも多かった。

旧制高校であった学習院高等科を受験したが、学科試験の後で面接があって三人の試験官の一人が、

「君の趣味は?」

と、たずねた。

三井先生から短歌の話をよくきいていたので、

「短歌です」

と答えると、

「どんな短歌を作っているのだね」

と、たずねられた。

短歌など一作も作ったことのない私は途惑い、とっさに三井先生の作られた短歌を口にし、

「たいしたものじゃないんですが……」

と、言った。

試験官は、頬をゆるめて黙っていた。

面接会場から出た私は、友人たちにその話をした。かれらは面白がり、うまいことをやったな、と言い合った。

それを友人が三井先生に告げたらしく、翌日、予備校に出ると、教壇に立った先生が、

「吉村君はひどい奴《やつ》でね。私の作品を自分が作ったものだと面接で言い、しかも、たいしたものじゃないんですが、と言ったそうだ」

と、言って笑った。

教室内に、笑い声がみちた。

それが効果があったのかどうか知らないが、私は入学を許された。

高等科の授業は魅力にみちたもので、ことに俳文学の講義に興味をいだいた。芭蕉《ばしょう》研究で名高い岩田九郎教授が担当されていた。

私は、遅刻が多く、おくれて教室に入ってゆくのが恥しかった。

その日も遅刻し、校門を入ると、つらなる桜の樹《き》の花が満開であった。

私は、メモ帳を破って、そこに、
今日もまた　桜の中の遅刻かな

と書き、教室の戸をあけると、岩田先生の前に行ってそれを教壇の机の上に置き、深く頭をさげると自分の席に坐《すわ》った。

先生は、私の差出した紙片をおだやかな眼でながめていたが、立つと黒板にそれを書いた。クラスメートは笑い、先生はなにごともなかったように授業をつづけられた。

先生は学生を集めて句会をもよおされ、私も参加させていただいた。水原秋桜子《しゅうおうし》氏が一度おみえになったこともある。

岩田先生は、私たちがつくった句をうなずきながら眼にするだけで、批評めいたことはなさらなかった。

夕焼けの空に釣られし小鯊《こはぜ》かな

という私の素人《しろうと》っぽい句を、それでも友人たちはほめてくれたが、先生は、ただ、ふんふんとうなずいているだけであった。

最低点

「銀座百点」は、好ましいPR誌である。創刊した頃は、文藝春秋の名編集者であった、今は亡《な》い車谷弘さんが指導していたときいたことがあり、現在では女性のみが編集にあたっている。

その折々の主題を巧みにあさり、それを対談にしたり適当な筆者にエッセイを依頼したりしている。スマートな感じで読んで楽しく、毎月連綿とつづいているのは見事である。

年末に「銀座百点」主催の句会がもよおされ、それが誌上にのる。参加するのは、専門の俳人以外の人が多い。

二十年以上前、私も一度出向いたことがある。それ以前に何度もお招きを受けたが、大学で俳文学を専《もっぱ》ら学んだものの、句作は全くの素人なので、その度に御辞退した。

それがなぜ行く気になったのか。編集部の巧みな誘いによるものであることはまちがいないが、東門居という俳号で出席する永井龍男《たつお》氏の存在を意識したからであったと思う。

私は、永井氏の短篇小説に心酔し、第一等の短篇作家として尊敬していた。お会いしたことはなく、この機会にお姿だけでも拝見したいと思ったのだろう。

当日、会場の料亭に足を向けたが、不覚にも遅刻した。私は近くまで行って電話をかけ、定刻におくれたので欠席とさせていただくと告げると、担当者は、今はじまるところだからおいでを請《こ》う、という。

それで料亭に行き、会場である部屋に入った。空いた席が一つあり、私はそこに坐ったが、テーブルをへだてて写真で見たことがある永井氏が坐っていた。遅刻したことに気持が萎縮《いしゅく》し、全身に汗が湧《わ》いていた。

句会がはじまったが、題がなんであったか、どのような句を作ったのか記憶にない。やがて句が披露され、私の結果は最低点であった。

小説家の杉森久英《ひさひで》さんも参加されていて、その印象が強く残っている。東大国文科卒の俳文学に対する知識も豊かな方だが、その句会では、しばしば最下位であるのを私は知っていた。

杉森さんは、にこやかに笑いながら私の傍らにくると、

「楽しい会でしょう。また来なさいよ」

と、言った。私が新たに加わったことで、最下位を脱出できたのを喜んでいるのを知った。

永井氏が私に眼をむけると、

「選句はいいですね」

と、つぶやくように言った。いい加減な慰めなど口にすることはない方なので、私

はつつしんで頭をさげた。

その後、文学関係のパーティなどで杉森さんに会うと、句会に出るようしきりにすすめる。私は、はいと応じながらも、二度と足をむけることはなかった。

永井氏についで杉森さんもすでに亡くなられている。年末の「銀座百点」にのせられている句会の紹介文に、いい句もあるな、などと思いながら読んでいるだけである。

順番待ち

ある女性編集者から、きわめて珍しい体験をした人を紹介するが、会ってみる気はないか、と電話がかかってきた。その人は、戦時中、海軍の軍学校に入り、英語を専門に学んでいたという。

そのような特殊なグループがあったのかと思い、話をきいてみたい気がして中華料理店に行った。編集者が紹介してくれたのは、七十代半ばのP氏で、名刺には財界の団体の役員とある。

氏の話をきいているうちに、たちまち興味は失《う》せた。特別に英語を専攻していたわけではなく、ただ軍学校の学科の一つとして英語を学んでいたにすぎない。当時、旧制中学校に通っていた私も、授業の重要科目として英語を学び、空襲時に勤労動員先の防空壕《ごう》に入って、友人とともに英単語をおぼえることにつとめた。

その編集者は、戦時中、英語が敵性語として扱われていたという戦後言われていることを安易に鵜《う》呑《の》みにし、軍学校で英語を学んでいたのを特殊なことと錯覚したようであった。

私は口数も少く、出掛けてこなければよかった、と後悔した。

P氏が、文庫本を差出した。私の小説の文庫で、かなり古びているのを不思議に思ったが、その方は図書館から借りたものだという。さらに、私の他の小説を文庫本で読みたいと思って図書館に申し込んだが、貸し出されていて、やむなく順番待ちをしているという。

私は、思わず氏の顔を見つめた。図書館に貸出しを申し込んでまで私の小説を読んで下さるのはありがたいが、財界の要職にある氏が文庫本の順番待ちをしていることに釈然としない思いがした。

氏は経済的に豊かで、文庫本は五百円ほどであり、なぜ書店で購入しようとは思わないのか。氏が順番待ちをしていることは、他の読書好きの人の利用をさまたげている。

私は学生時代に三食を二食にしてまで書店や古書店で書物を手に入れた。書物を自分の物として所持することが、読書の喜びでもあった。

そうしたことから考えても、図書館で文庫本の順番待ちをするこの財界人は、真の読書人の範疇《はんちゅう》からはずれている。

氏は、ハイヤーで帰っていった。

詩心

二百二十一年前の天明二年（一七八二）冬に遠州灘《なだ》で遭難し、七ヵ月間漂流の末、ロシア領北端の島に辛うじて漂着した船があった。十七人乗りの「神昌丸」で、船頭大黒屋光太夫《こうだゆう》をはじめ水主《かこ》たちはロシア領内を苦難に堪えながら転々とし、その間多くの者が死亡して江戸にもどったのは、光太夫と水主の磯吉だけであった。

私は、かれらの生きた軌跡をたどって「大黒屋光太夫」という小説を書き、上下二巻として出版されている。

磯吉が故郷に帰って、菩提寺《ぼだいじ》の住職にロシア領での流転《るてん》の旅を陳述した「極珍書」という記録が残されている。

オホーツクからイルクーツクまでの旅の途中、かれは、この世のものとは思えぬ情景を眼にしている。高い木の梢《こずえ》から馬の死骸《しがい》が垂れさがり、それが「干瓢《かんぴょう》ノ如《ごと》ク」であった、と記している。

なぜなのか。その土地の人にきくと、深く雪の積る厳冬期に寒気で斃《たお》れた馬が、その場に放棄され、やがて雪がとけて、死骸は枝にかかったまま垂れているのだという。

私は、この「干瓢ノ如ク」という表現に感嘆した。死骸の肉は気温の上昇とともに腐り落ちて筋肉のスジのようなものしか残らず、それが垂れている。水主である磯吉は、その異様な情景を見た瞬間に、詩人の眼になって、干瓢のように、と陳述している。その馬の死骸に、かれの詩心が頭をもたげたのである。

私は、その表現に接して、小説「関東大震災」を執筆時にお会いした山岡清真という七十歳の人のことを思い浮べていた。

山岡氏は、震災時に三万八千人の人命を呑みこんだ本所被服廠《ひふくしょう》跡で奇跡的にも生き残った方で、その前後の体験を克明に記録していた。

「……（家の）外に出ますと、銭湯の窓ガラスが割れて中から入浴中怪我《けが》をした女の人が出てくるのに出会いました。が、今時のようにズロース一枚で表に飛び出すような女の人はおりませんで、ガラスで傷ついた体に浴衣《ゆかた》をつけて、それが血に赤く染まっており、まるで赤い五月の鯉《こい》のぼりのような恰好《かっこう》で家の方へ帰って行きました」

赤い五月の鯉のぼり。私はしばらくの間、その文字に視線を据えていた。氏は金属関係の職人で、話し方も朴訥《ぼくとつ》な感じであった。なぜ血に染った浴衣を身につけた女を、赤い五月の鯉のぼりと表現したのだろうか。

詩心は詩人だけが身にそなえたものではなく、詩とはおよそ縁のない人も、体内の奥深い個所に瞬間的にそれに反応する詩の泉を秘めているのだろう。

通常の折には、それは表に出ることはないが、樹の上から垂れさがった馬の死骸を眼にし、銭湯から出てきた血に染った浴衣を着た女性を見て、それを干瓢の如き、赤い鯉のぼりのようにと感じとる。

人間ひとしく詩心があり、それ故《ゆえ》に詩は人間固有のものとして存在するのだろう。

志賀直哉の貌《かお》

二十歳代前半に小説を書きはじめた頃、志賀直哉の文章に魅せられ、日本文学の正しい文章の姿が、ここにあると思った。その後、川端康成、梶井基次郎の文章にも接し、この秀《すぐ》れた三作家の文章に私は大きな影響を受け、現在に及んでいる。

志賀直哉の作品は、その文章を知るため一作残らず精読したが、当然のことながら私の心の琴線にふれてこないものも多々あった。それは、私の個性にもとづく好みによるもので、やむを得ないことであった。

私にとって、志賀直哉は「城《き》の崎《さき》にて」を書いた作家であった。この一作を書いただけで、志賀直哉は類のない卓越した作家であり、他のもろもろの作品は、「城の崎にて」という作品を結晶させるための要素にすら思え、そうしたことから、一作一作読みつづけたのである。

志賀直哉は、短篇小説にその真髄があり、長篇小説を書く才能には欠けている、と思っていた。冗長で、長篇小説に必要な構築性がみられず、苦心に苦心をかさねたと言われる「暗夜行路」にもそれが感じられ、これが学生時代に、つづいて三十歳の折に読んだ偽らざる感想であった。

五十歳に程近い年齢になって、「暗夜行路」をまた読まねばならぬ必要にせまられた。ある雑誌から、「暗夜行路」の主人公時任謙作《ときとうけんさく》の旅の足跡をたどることによって、志賀直哉を論ずる紀行文を書いて欲しいという依頼があった。

「暗夜行路」にはいささかも魅力を感じなかっただけに気乗りはせず、断わることにきめはしたが、一応読み直してみようと考え、ページを繰った。

不思議な思いであった。たしかに構築性に欠けている節があるものの、端正で瑞々《みずみず》しい文章による的確な描写が鎖のようにつらなっていて、そこにはまぎれもなく志賀直哉があった。

年齢を重ねると、若さのもつ感受性を失う傾きがあると同時に、逆に得るものもある。若い頃読んだ「暗夜行路」が、五十歳近い年齢になって、別の姿をみせ、私の心をとらえたのである。

私は、「暗夜行路」の舞台をたどる一週間に近い旅に出て、時任謙作（即志賀直哉）が眼にし感じたことをどのように文章で表現しているかをさぐり、それはまことに得がたい旅であった。

この度、日本近代文学館から志賀直哉『大津順吉』(新選名著複刻全集 近代文学館)の解説を、という依頼があり、一応、お引受けはしたが、気が重かった。「大津順吉」は少しも感銘を受けることのなかった作品という記憶があったからで、それでもお引受けしたのは、もしかすると、「暗夜行路」と同じように年齢を重ねて観方《みかた》が変っているかも知れない、と思ったからであった。

私が近代文学館からお借りしたのは、大正六年六月に新潮社から出版された新進作家叢書《そうしょ》の志賀直哉著『大津順吉』の複刻本である。表題作をはじめ短篇六作がおさめられている。

まず、「大津順吉」を読んだ。上流家庭の学生である主人公は、青白いという言葉通りの弱々しい神経の持主であり、考え方も軟弱で、いい気なものだと思いながら読み進んだ。

千代という女中に恋心をいだき、接吻《せっぷん》する。この描写はなんとなくよく、その後、不意に「其晩《その》私は千代と事実で夫婦になつた」という文章がある。

この短い文章に、私は志賀直哉を見た。作品としては退屈で、主人公の考え方にもいっこうに同調できないが、つまらない作品ではあるものの、その一文にやはり志賀直哉の作品であるのを感じた。

「不幸なる恋の話」は、結婚相手にとすすめられた娘の異様さがよく出ていて、これは佳品だ、と思った。

「清兵衛と瓢簞《ひょうたん》」は、私が若い時に何度か読んで好短篇という印象をいだいていたこともあり、楽しみにして読んだ。しかし、これは当時の西欧の短篇小説が流入してきた風潮に多分に影響を受けた、いわゆるオチのある小説で、若い時のような感心はしなかった。私も長年小説を書いてきたので、作品を書く小説家の奥にひそむ手の内がすけてみえるのである。

「児を盗む話」は、余り記憶に残っていない短篇であったが、この作品は好短篇だと思った。舞台は「瀬戸内海に添うた小さい市」としているが、「暗夜行路」で書かれている尾道《おのみち》である。「小さい貸家」に住んだと書かれているが、私が尾道を訪れた時にはその三軒長屋の家は現存していた。町の情景その他の描写を読むと、「暗夜行路」を書く基盤がこの作品ですでに形づくられているのを知った。

マッサージ師夫婦とその子の女児がきわめて鮮明に描かれていて、その女児を盗むのだが、それを犯す主人公の心理描写も巧みである。

短篇六編をふくむ『大津順吉』を読んで、これらの作品は「城の崎にて」をはじめとした秀れた短篇群と「暗夜行路」を書くに至る道をしめすものに思えた。収録作品に志賀直哉という作家の貌がちらちらとのぞいていて、そのような意味から興味深く、読み終えて満足感にひたった。

私の仰臥漫録《ぎようがまんろく》

十代後半から二十代前半にかけて、文学全集におさめられた明治文学の小説を読みつづけた。初めの頃は、多分に読んでおかねばならぬという義務感に近いものであったが、いつの間にか読むことに没頭し、その文学世界の中に身を託していることに快さをおぼえていた。

漢学の素養豊かな小説家の緊縮度の強い文章、和歌の影響を受けたにちがいないリズム感のある文章が次々に眼の前に現われてきて、後者の文章を書く代表として山田美妙の小説に色彩と艶《つや》を感じたりした。

そのような物語とも呼べる小説とかけはなれた所に、子規の諸作品が、岬の先端にある燈台《とうだい》のように孤然と立っているような感じがした。孤然とはしていても、子規の存在が明治文学に奥行きの深さと豊潤さをあたえているようにも思えた。

私は、子規の活力のある文章が好きで、つぎからつぎへと読んでいったが、その根底には私が子規と同じ病気にかかっていたことがあったと思う。

中学二年生の時に私は肋膜炎《ろくまくえん》という肺結核の初期の発症に見舞われ、五年生の夏に再発し、さらに中学校を卒業してから三年後に喀血《かっけつ》して末期患者となった。幸いにして、多分に実験の趣きのあった手術を受けて死をまぬがれはしたが、体はただ生きているというだけの弱々しさで、いつ再発するかもわからぬ不安にとりつかれていた。

そうした私に、子規が病みおとろえた病床でつづった「病牀《びょうしょう》六尺」は、それまで読んだ活字本とは異なる衝撃を私にあたえた。

病床の子規の日々は、絶対安静で寝たきりですごした日々の私そのままであり、虚脱したようにすごした私とは異なって生と死について思考し、芸術論を生きる支えとしている姿に感動した。

死は確実に身近かにせまっていて、それを十分に容認しながら朝を迎え、夜の中に身をゆだねる子規の勁《つよ》さに、自分もそうあらねばと思ったりした。

子規の俳句に対する論文が、私には興味深かった。

「行脚《あんぎゃ》俳人芭蕉」に、「まことや行脚は芭蕉の命にして俳句は行脚の魂なるべし」として、「吾《わ》れ日本二千余年間を見わたして詩人の資格を備ふること芭蕉が如きを見ず」と、芭蕉に最大限の賛辞を呈している。芭蕉には俳聖という文字が冠せられていて、そのような子規の観方を、私は当然のことと受けとめた。

しかし、そのうちに神格化された芭蕉に対する批判がみられるようになり、それが次第に加速する。偶像破壊といった趣きのもので、その対比として蕪村《ぶそん》が挙げられている。私にも意外で、それだけに興味深く、「俳人蕪村」を読んだ。

「芭蕉は無比無類の俳人として認められ復《ま》た一人の之《これ》に匹敵する者あるを見ざるの有様なりき。芭蕉は実に敵手なきか。曰《いは》く否《いな》」として「蕪村の俳句は芭蕉に匹敵すべく、或《あるい》は之に凌駕《りようが》する処《ところ》あり」と、断じている。

子規は、俳句の極度の客観美は絵画と同じで、蕪村はその点ですぐれ、芭蕉は劣っている、と記し、これが蕪村を賞讃《しようさん》する基本になっている。

たしかに芭蕉には、

荒海や佐渡に横たふ天の河

という絵画を感じさせる句もあるが、画人でもあった蕪村の句には絵画的なものが甚だ多い。

四五人に月落ちかゝる踊かな

鳥羽殿《とば》へ五六騎いそぐ野分かな
夕風や水青鷺《あおさぎ》の脛《はぎ》を打つ

と枚挙にいとまなく、
五月雨《さみだれ》や大河を前に家二軒

に至っては、絵画そのものの句である。

このような芭蕉と蕪村の対比からみて、子規は視覚のすぐれた人間で、俳句を視覚によって判断しているのを知ることができる。私も強く自覚はしていなかったが、俳句に子規と同じ視点によって接していたのを感じ、共感をおぼえた。

二十年前、私は「海も暮れきる」という俳人尾崎放哉《ほうさい》を主人公にした小説を書いた。病床生活を送っていた時、放哉の句に接して、私の死後、棺《ひつぎ》に放哉の句集を入れて欲しいと、兄に遺言のように頼んだほど強い感銘を受けた。

放哉が私と同じ肺結核患者で、句と日記、書簡類を読み、病勢が徐々に進む放哉に託して、病床についていた頃の私を書こうと思ったのである。

そのような作品を過去に書いた私は、十年前、母校である中学校の名簿を繰って思いがけぬものを眼にした。母校である私立開成中学校の前身は共立学校で、明治十七年卒の百五名の学生名の中に正岡子規の名がある。その年度の卒業生に、秋山真之《さねゆき》、南方熊楠《みなかたくまくす》がいることに驚いた。秋山は、日本海海戦時の連合艦隊主任参謀、南方は著名な生物、民俗学者で、それを眼にした私は、落着かない気分になった。

子規は、学友の秋山、南方と交流があって、交された書簡などから子規の像が立体化して浮び上るはずだと思った。

さらに私が空襲時まで住んでいた家から子規が病歿《びょうぼつ》した、いわゆる子規庵《あん》は二百メートルほどの近さにある。

むろん子規と私は同病で、子規よりはるかに高齢となった私は、子規を放哉のように描けるのではないか、と思った。

私は、胸のはずむのをおぼえて松山市に行き、子規の記念館を見たりした。

子規には公表を意図せぬ病床記「仰臥漫録」があり、これを創作の中心に据えて小説に書くべきだと考え、あらためて入念に読んだ。

凄絶《せいぜつ》な日記だが、「芋坂団子ヲ買来ラシム」という記述などがあり、その団子屋は私の家のすぐ近くの羽二重団子という老舗《しにせ》で現存していて、土地勘は十分だと思ったりした。

しかし、何度か読み返しているうちに、私の気持はその度に萎《な》えていった。

子規は激しい痛みに狂わんばかりになって、自殺を真剣に考えたりしている。結核患者であった私には腹痛、胸痛はあっても、「タマラン〳〵ドウシヤウ〳〵」というような痛みはなかった。

子規は私と同じ肺結核患者であったが、カリエス患者でもあった。結核菌に骨がおかされて骨が腐り破壊され、そのために膿瘍《のうよう》ができ脊柱《せきちゅう》が骨折するまでになる。そのため激しい痛さに泣きわめく。

私とは本質的に異なった悲惨な病気であり、自分の病床体験から病床の子規を描くことが不遜《ふそん》きわまりないことを知った。

妹律に「殺サント思フ程ニ腹立ツ」ことも病苦故《ゆえ》の精神の乱れで、「仰臥漫録」を読んだ私は、創作の対象として子規には到底近づけぬ自分を感じた。

資料の処分

昨秋、あることを思い立った。歴史小説執筆のために収集した資料の処分である。庭の焼却炉で焼きたいところだが、ダイオキシンの排出とかで好ましくないとされているので、燃えるゴミとして収集袋に入れて市の回収車に出すことにしよう、と思った。

歴史小説の執筆にあたっては、素材に関連のある地の図書館に保管されている記録類をはじめ、旧家などに残されている文書を写真撮影等でコピーしたものを収集し、それを大きな買物袋に入れて書斎に保存している。

小説の執筆を終えた後も、それらの買物袋が長さ四メートル近い机の下に置かれているが、年がたつにつれてそれらが徐々に増して私の坐《すわ》る椅子《いす》の方にのびてきて、今や私の左下方にまで迫ってきている。

七十代半ば近くに達した私は、十分に老いの領域に入りこんでいるが、半ば趣味化した定期的な健康診断で今のところ将来、体に致命的な支障となる要素は見当らないと言われている。しかし、おそかれ早かれ死が近づいていることは確実で、それは、昨年正月明けに八十八歳で次兄が病死したことで、一層身にしみて感じるようになっている。

私は九男一女の八男として生れ、父母は終戦前後に病死し、姉と兄、弟がつぎつぎに死亡し、今は六歳上の兄と二人きりになった。次兄の死で、人間は必ず死ぬものだという当然すぎることを実感として感じている。

私が死んだ後のことをあれこれ考え、机の下にひしめくように並ぶ資料の入った買物袋のことを思った。妻をはじめ息子と娘は、残されたそれらの袋の中のコピー類に当惑することは目にみえている。なにやら意味を持つものらしく、夫であり父である私が力をつくして収集したものを、捨てるに忍びない思いがするだろう。

私としてみれば、それらの資料はすべて小説の中に注ぎ込み消化していて、小説を書き終えた瞬間からそれらは残渣《ざんさ》に等しいものになっている。私にこそ必要不可欠の資料であったが、息子たちにはなんの価値もなく、捨てるに捨てられぬ厄介物にすぎない。

しかるべき機関に寄託することも一応考えられはするが、それがほとんど意味がないことも知っている。寄託されてもそれらは倉庫のだんボール箱におさめられたまま放置され、見る人もなくやがて屑《くず》として廃棄される運命にあることはまちがいない。

そうしたことから、思い切って収集した資料を処分することにきめたのである。

「さあ、かかってこい」と妙な掛け声をかけて、歴史小説の題名を記した買物袋を引きずり出し、中から資料のコピー類を取り出す。それぞれに収集した折々の思い出があり、探し探してようやく眼にしたものや偶然に入手できたものもある。しかし、未練はこの際かなぐり捨てて、処分処分と自らをはげまし、それらをビニール製のゴミ収集袋に入れる。

その間に、手をとめることもある。ほとんど絶対に人の眼にふれることのない資料。それは奇蹟《きせき》とも言える偶然によって入手した類《たぐ》いのもので、収集袋に突き入れるのに大きなためらいがある。

なにも形式ばったことをする必要はない。処分が原則だが、これはひとまず残しておこう、と買物袋にもどす。それは一袋で二、三点にすぎない。

かなり疲労をともなう作業で、一日二袋ずつの割合いで処分し、ようやく床の一部が現われた。

今日は「ニコライ遭難」という小説の題名を記した買物袋を取り出した。それは、明治二十四年五月に起った、大津事件と称された出来事を素材にした小説の資料をおさめた袋である。来日したロシア皇太子ニコライが、琵琶《びわ》湖遊覧を終えて大津の町なかを人力車で京都へむかう途中、警備の巡査津田三蔵に斬《き》りつけられ、それが大きな波紋となってひろがった事件である。

資料はかなりあって、買物袋一つに入りきれず、二つの袋に分けておさめられている。

かたくつまった資料を力をこめて引きずり出すと、分厚い資料が眼の前に現われた。

それは事件後、司法省刑事局で作成した研究資料のコピーで、数百ページにおよぶ大部のものだ。

この書類には、皇太子ニコライの来日前の日本側の対応準備から皇太子の来日、事件の発生、その後の処置が克明に記され、外部の者の眼にふれぬようにという配慮から、極秘の角印がおされている。

私は、「ニコライ遭難」という小説を、この資料を基礎資料にして筆を進め、そうした点で感謝の念をいだき愛着もあるが、ためらわず処分することにした。極秘資料であるとはいえ、印刷されたもののコピーで、原本があることはあきらかであり処分してもさしつかえはない。

つぎつぎに資料のコピーを取り出してゴミ収集袋に入れたが、六十五枚のコピーを手にして、これは捨てることはできないと思い、買物袋の中にもどした。それは「露國皇太子殿下御來港一件」と墨書された長崎県知事から宮内《くない》大臣に提出された報告書のコピーである。

来日した皇太子ニコライは、最初に軍艦四隻《せき》で長崎港に入港し、ロシア正教の祝日であったため上陸して公式行事に参加することはできず、同行のギリシャの皇太子と五日間にわたってお忍びで上陸し、市内を徒歩または人力車で散策している。

このことについては、司法省の極秘扱いにされている研究資料にも詳細に記されてはいるが、私には一つの疑念があった。

当時、日本は隣国ロシアの強大な武力に脅威をおぼえ、強い警戒心をいだいていた。そのような中での来日であったので、当然、皇太子のお忍び上陸には、監視と同時に警護のためかなりの数の私服刑事が尾行していたはずであった。

その尾行記録が必ずあるにちがいなく、所在は長崎と考え、長崎にむかった。とりあえず県立図書館の資料課へ行ってみようと思い、館に入った。

資料課の部屋の手前に広い展示室があって、そこには時折、書庫に保管されたままほとんど人の眼にふれることのない文書や絵図等が展示されている。資料課におもむく前にそこを一巡する習いになっている私は、壁ぎわのガラスケースの中に入っている文書に眼をとめた。

それが「露國皇太子殿下御來港一件」で、そこには私が求めていた警察関係者の詳細な尾行記録がおさめられていた。まさに偶然で、皇太子ニコライが刺青師《いれずみ》二人を艦に招き寄せて両腕に龍《りゅう》の刺青をしたこと、お忍び上陸の最後の夜、ロシア料理店の二階にギリシャの皇太子とともにそれぞれロシア語の巧みな日本女性、芸妓《げいぎ》をともなって上り、寝室で六時間をすごしたことが記されている。すべて尾行刑事の報告によるものである。

その長崎県知事より宮内大臣への報告書の末尾の欄外には「宮内大臣ヘノミ」と記されていて、東京に送られはしたが総理大臣伊藤博文《ひろぶみ》以下閣僚の眼にふれることがなかったことをしめしている。そのため司法省の極秘資料にも、刺青のことロシア料理店のことが記されていないのは当然であった。

この文書のコピーは捨てる気になれず、これ以外に、津田三蔵が無期刑の判決を受けて収監された北海道の釧路集治監での処遇日誌も手もとにとどめておくことにした。

一般的に、津田は北海道に送られて重労働を科せられ、殺害同様の死に方をしたとか、苛酷《かこく》な集治監の扱いに堪えかねて自殺したとか、諸説がある。

この日誌は、それらの説を全面的に否定するもので、津田が穏やかな扱いをうけて監獄医の手厚い治療にもかかわらず病死したことが記されている。毎日定時の検温をはじめ囚人に対するとは思えぬ良質の飲食物の給付、日を定めた入念な健診などがつづられた日誌で、死亡した折の症状も詳細に記述されている。

この資料は行刑史研究家の佐々木満氏からその所在を教えられたもので、私が「ニコライ遭難」の執筆を思い立ったのはその資料を読んだからであり、到底処分する気にはなれなかった。

その他、買物袋の中には、皇太子が京都の祇園《ぎおん》で催された酒宴で腕をまくって芸妓に刺青を誇らしげに見せたという当時、京都で発行されていた新聞の記事のコピーなどもあった。が、それらは印刷物であり、未練もなくゴミ収集袋に突き入れた。

私は、作業を終えて床に腰をおろした。

大きくふくらんだゴミ収集袋をながめながら、一度お会いした某氏の顔を思いうかべていた。その方は、津田三蔵の唯一《ゆいいつ》の末裔《まつえい》で、どこにお住いであるかは佐々木氏からきいた。

その方のもとになにか資料があるのではないかと思い、お会いしたいという手紙を出した。しかし、いつまでたっても返事はこず、ようやく葉書をいただき、それから三度ほど手紙のやりとりがあって、その方の家を訪れた。

その方は、五十歳ほどの知的な感じのする人で和室に通して下さり、私たちは静かに話し合った。津田三蔵の祖父は格式のある藤堂藩士で剣を良くし、その影響を受けた津田は陸軍伍長《ごちょう》として西南戦争に参加したことなども知った。

津田が皇太子ニコライに斬りつけたのは、「狂気故ニ……」と多くの史書に記録され、それが定説となっていたが、私は裁判所に提出された大津病院長の津田に対する精神鑑定書を入手していたので、コピーしたものをその方に手渡した。そこには狂気の気配はなく、「全ク無病健康ナリシモノト鑑定ス」という鑑定結果が記されていた。その文字を眼で追っていたその方の顔に、やわらいだ表情がうかぶのを眼にしたが、その折のことがよみがえったのだ。

買物袋を見つめていた私は、極秘の判がおされている司法省の記録と鑑定書関連のものをその方に送ろうか、と思った。

津田は、当時、国賊視されていて血縁者は肩身のせまい思いをし、それが今でも尾をひいている節があって、そのため未知の小説家である私からの手紙にも、容易には返事を下さらなかったのだ。その出来事は津田の突発的な感情によって起った事件であり、私がその場にあったとしたら同じような行為をしたかも知れないという気さえしている。それは諸記録を読んだ末の私の実感で、津田という人物にある種の共感と同情をおぼえたからこそ小説の筆をとったのだ。

その方に資料を送ったとすれば、忘れたいことを今さら思い出したくないとして不快感をいだくかも知れない。それとも資料は資料として保管する気持になってくれるかもわからない。

いまわしいものとして焼却するか、または手もとに保存するお気持になるか。それはその方の意志次第であり、私としてはゴミとして市の収集車に渡すよりも、一応その方に送ってみよう、と思ったのだ。

私は、収集袋からそれらを取り出し、宅配便で送るためだんボール箱に入れた。果してその資料はどのようになるのか、それは私の関与することではない。

小説に書けない史料

明治二十四年五月に起った大津事件を「ニコライ遭難」として小説に書いたことがあるが、それは元刑務所長の佐々木満氏の論文を眼にしたからであった。その事件は、来日したロシア皇太子ニコライを警備の巡査津田三蔵が傷を負わせたのだが、無期徒刑囚として北海道に送られた津田が、定説を全くくつがえす扱いを受けたことを佐々木氏は実証し、私はそれに注目して執筆したのである。

それがきっかけで氏と親しくなり、やがて、氏から「刑罰史研究」という冊子が送られてくるようになった。それは氏が主宰している研究誌で、刑罰史の研究家たちが論文を随時のせている。私も、氏の恩義にいささかでも報いたいという気持から、維新成った直後、明治政府の転覆をはかったかどで斬首《ざんしゅ》された、米沢藩士雲井龍雄の遺体解剖についての短文を寄せたこともある。

その冊子に発表されている論文は、いずれも真摯《しんし》なものだが、四年前に読んだ論文に関心をいだいた。それは藤井嘉雄氏という元岡山地検検事正の、「火罪の執行に失敗しやり直した事例」であった。

その記録は、早稲田大学中央図書館所蔵の「文化文政の頃」による、と記されていたので、私は早速同図書館に行き、閲覧させていただいた。

この文書は、飯田藩屈指の名君と言われた堀親宝《ちかしげ》に仕えた作事奉行岡庭政興の遺稿「晩年叢書《そうしょ》」中におさめられたものであった。

尾張国生れの無宿孫蔵二十五歳が、文化二年（一八〇五）、飯田藩士野村善右衛門に召仕いとして雇われた。翌年正月、かれは主人善右衛門の寝所に忍び込んで金子十両余りを盗み、それを身許《みもと》引受人である請人《うけにん》がきびしく追及した結果、盗みを白状して七両二分を主人に返し、残りはすでに費消していた。

盗まれた十両ほどの金は、善右衛門の母の一周忌に集まった人たちが供えた香典であったので、母親思いの善右衛門は奉行所に突き出すことはせず解雇した。その折、孫蔵を藩領外に追放するよう請人に申渡し、身柄を引渡した。

しかし、孫蔵は、領内にとどまり、再び主人善右衛門方の屋敷に二度にわたって忍び入り、脇差《わきざし》、金子等を盗んだ。さらに町年寄の隠居所の路地口を押しあけて隠居所に入って金子を盗み、それをかくすため、積み重ねた衣類に、紙火縄で火を放って逃げた。幸い火は駈《か》けつけた者の手で消しとめられはしたが、隠居所一棟が焼け落ちた。嫌疑が孫蔵にかかって捕えられ、拷問《ごうもん》の末、盗みと火つけを白状した。獄に投じられた孫蔵は、不敵にも牢抜《ろうぬ》けを企てて逃走し、またも旧主人の善右衛門方の高い塀を乗り越えて侵入し金品を盗んだが、目撃者がいて捕えられた。

その後も、さらに牢抜けを企てたが、それは未遂に終った。

藩では、盗み以外に火付けもおかした孫蔵の処分について、藩の江戸詰家老から幕府に伺いを立てたところ、火罪が相当との指示があった。

火罪――火あぶりの刑は、放火犯にかぎっておこなわれ、市中引廻しの上、執行される。

しかし、藩では火罪の執行は初めてであったので、幕府に対してその方法を詳細に問合わせ、準備をととのえた。

執行日は文化四年十二月三日で、仕置場は野底《のそこ》川の河川敷であった。

孫蔵は、後ろ手に縛られて畚《もっこ》にのせられ、同心たちの厳重警護のもとに市中を引廻され、刑場についた。

孫蔵は、定めに従って輪竹の中に入れられ、腰、腿《もも》、足を太縄二条で柱にむすびつけられた。火あぶりの刑であるので、縄に泥を塗り込んだが、その泥は、ねば土とされているから粘土に類したもので、一樽《たる》の分量が使用された。

それらの処置がすべて終ると、茅《かや》と薪《まき》で周囲をおおい、役人が孫蔵に近づいて名前を検《あらた》め、顔面を薪と茅でふさいだ。検使の命令で風上から火が点じられ、係りの者が莚《むしろ》であおった。

「文化文政の頃」には、

「当地にては初めての火罪故《ゆえ》、定めて御勘定所御手附様にも御問合せの上の事ならん。町内湧《わ》き立つばかりの大騒ぎ也《なり》」

とあって、恐しいものを眼にしようとして野底川の河川敷には、多くの見物人がむらがった。

「然《しか》る処《ところ》、咎人《とがにん》の手足結節を赤土にて塗りたれども、其《その》縄焼き切れて、咎人柱より転落。再び柱を倒して結び付けて押立て、やり直したるが、諸人環視の中、初めての事とは云《い》へ、大いに体裁悪かりしと」

火罪柱に体をしばりつけた縄に泥が塗り込められてあったものの縄が焼き切れて、咎人の体が転落したのである。泥を塗り込めるのには高度の技倆《ぎりょう》が必要だったが、初めてのことであったので手ぬかりがあったのである。

記録は、ここで終っている。

このような事例を発掘したのは、司法畑の専門家である藤井氏だからこそであったのである。

私は、これを小説に書こうと思い、あれこれと考えた。飯田藩は、どのような手順で幕府に火罪の仕方を指示してもらったのか。江戸藩邸のだれかが、幕府のそれを扱う部門の役人に会って仔細《しさい》に教えを請《こ》い、それを藩に持ち帰って準備をしたのだろう。藩で施行した事柄であるので、当然、藩の記録が残っているはずであった。

現地におもむく前、飯田市の図書館の郷土資料課に手紙を出し、「文化文政の頃」のコピーを添えて問い合わせてみた。

それを受けた館員は、熱意をもって諸所方々を探ってくれたらしく、その結果をつたえる返事が来た。「文化文政の頃」は、下平政一氏の著書にのっているが、藩の記録をつたえる各種文書には見当らないという。

その返書の内容に、長年の経験で現地に行ってみたところで、私の手ではなにも発見できないことを感じた。

藩として初めての火罪の執行であるのだから、藩の記録として残っているはずであるが、それが一切見当らぬということは、「諸人環視の中、初めての事とは云へ、大いに体裁悪かりしと」という大失態であったため、記録から削除されたのだろう。

架空の人物を創造し、この事例に肉付けして小説に書くことはできるだろう。しかし、史実に忠実に歴史小説を書きつづけてきた私には、そのような方法で書く気は一切ない。

四年間、藤井氏の論文は、書架に置かれたままで、孫蔵の犯行、引廻しの上火罪柱にくくりつけられる過程、それを見に河川敷に群がった人々。それらをむなしく思いえがきながらすごしてきた。

小説には書けない記録。そういう類《たぐ》いのものがあっても不思議ではなく、むしろ当然と言うべきだろう。

そんなことを思いながら、私はこの事例を小説ではなく、エッセイとして書く次第である。

小説「大黒屋光太夫」の執筆

若い頃から断続的に日記を書いてきたが、二十七年前からは日記を欠かさず書くことが習いになっている。朝起きて書斎に入ると、前日のことを思い起して万年筆をとる。滔々《とうとう》と流れる時間の中で、その日その日の堰《せき》を設けて流れをさえぎり、自らを顧みるよすがにしている。

平成十二年十二月十六日の日記に、
「大黒屋光太夫を書くか」
という一行が、なんの脈絡もなく書かれている。

当時は、「敵討《かたきうち》」という小説の執筆を終えて単行本の出版準備を進め、さらに次の歴史小説の素材を上野の彰義隊と定め、その史料調査に手をつけていた。

それ以前の日記を繰ってみると、連日彰義隊の史料を読みあさり、隊の本営のあった上野寛永寺を訪れたり、彰義隊を包囲攻撃した薩摩《さつま》藩の戦闘記録を求めて鹿児島に行ったりしている。つまり、私は、彰義隊の執筆を心がけていたのだが、不意に大黒屋光太夫という素材が頭をもたげたのだ。

さらに十日後の日記には、

「毎日新聞の桐原氏宛《あて》に大黒屋光太夫を書くと電話で告げる。喜んでくれる」

と、記されている。

桐原氏とは、毎日新聞社学芸部の桐原良光氏のことで、学芸部屈指の文芸記者であり、私は、かれから一年後の連載小説の執筆の依頼を受け、承諾していた。私としては、彰義隊を素材とした小説を書くつもりで史実調べをしていたのだが、急に大黒屋光太夫を書く気持になったのだ。

なぜ、このような心変りをしたのか。

私は、中学時代から漂流記に関心をいだき、小説を書くようになってから一層その魅力にとりつかれ、それに関する書物をあさり、眼を通すようになった。和船の構造、各浦々の港湾施設、気象状況、海流、破船漂流の実態等、各部門について考察し、その結果、無人島（鳥島）に漂着して十二年後に生還した船乗りを主人公にした長篇小説「漂流」を書いた。

これは新潮社で出版され、映画化もされて、文庫は現在でも版を重ねている。

その後、漂流記への関心はさらにつのり、「花渡る海」「船長泣く」「アメリカ彦蔵《ひこぞう》」

「島抜け」と、漂流記を素材にした小説を書きつづけた。そうした私に、大黒屋光太夫の漂流一件は最も注目すべき対象であった。

しかし、この漂流記については、先輩作家の井上靖《やすし》氏が、「おろしや国酔夢譚《たん》」と題する小説を文芸誌に連載し、私の執筆対象から去っていた。他の作家が書いた同じ素材の小説を書く気は毛頭なく、私はきっぱりと諦《あきら》めたのである。

私は、「おろしや国酔夢譚」を読んだが、それは華麗な歴史パノラマを見るような作品で、光太夫が帰国後、桂川甫周《かつらがわほしゅう》によってまとめられた「北槎聞略《ほくさぶんりやく》」を基礎にしていた。

世評の高いその作品を名作と思いはしたものの、年がたつにつれて私は、その内容が気がかりになった。「北槎聞略」では漂流の恐ろしさが具体的には描かれていず、漂流中の覆没を避ける船乗りたちの手順、心情にはふれられていない。「おろしや国酔夢譚」も当然のことながら、その点の事は省かれている。

私は、歴史小説を書く折には、主題に関係のあると思われる些《さ》細《さい》なものまで、史実をことごとくあさり、その堆積《たいせき》の上で小説を書く。

初めから感じていたのは、光太夫の陳述は「北槎聞略」にまとめられているが、もう一人の帰還者磯吉の陳述書があるのではないか、ということであった。鎖国政策によって外国との交渉を絶っていた幕府は、外国の事情を知ることにも努め、交易を許していたオランダ、中国を通して情報を集めていた。異国の地に漂着し生活を余儀なくされて帰国した漂流民は、得がたい情報提供者であり、そのため一流の学者などが聴き取りをおこない、それが多くの漂流記として残されている。

光太夫の場合、隣国でありながら未知のロシアから初めて帰還した漂流民であっただけに、幕府は桂川甫周に命じて聴き取り調査をおこなわせ、「北槎聞略」を遺《のこ》したのである。

光太夫は帰国後、数奇な体験をした漂流者として各所に招かれ、漂着したロシアについて語っている。磯吉も当然、宇宙からの帰還者さながらに帰還するまでの経過を語っているはずで、それが文書として遺されているのではないか、と想像した。

私が、桐原氏に光太夫を書く、と連絡したのは、磯吉の陳述書が現存しているにちがいない、と思ったからであった。

日記を見ると、桐原氏に電話をした翌日、「大黒屋光太夫の生地に連絡をとる。三重県」と書かれ、さらに「谷澤氏にも連絡する」と記されている。光太夫は、ロシアから小市、磯吉とともに北海道の根室に帰着しているが、「谷澤氏」とは、以前から親しい北海道史研究者の第一人者谷澤尚一氏で、根室に上陸した光太夫たちの史実の所在を探ったのである。

年が明け、一月三日の日記には、

「『北槎聞略』を読む」

とあり、連日、光太夫に関する資料を読みつづけていることが記されている。その月の十一日の日記には、

「晴。一〇・一四東京発のひかりで名古屋をへて白子で下車」

とあり、私は、白子駅から若松町の公民館にタクシーで行っている。

公民館には、館長の山口俊彦氏が数人の方と待っていて下さり、「好意あふれる感じ」と、日記に記されている。

若松町は大黒屋光太夫の生地で、大黒屋光太夫顕彰会という研究組織があり、山口氏が事務局長をし、集まっていて下さったのは会の幹部の方たちであった。

漂流民の生地には、民間人の研究組織があるのが常で、活発な史料収集をおこなっている。これは全国共通の傾向で、漂流ということにロマンを感じ、興味をいだく人が多いのだろう。研究を進めてゆくと、漂着地である異国での史実にも調査の手がのび、それは思わぬ広がりと深さをみせる。そのようなことから、研究組織は民間人の、というよりは専門的な充実した組織を備えるに至る。

大黒屋光太夫顕彰会も、漂流民研究の秀《すぐ》れた組織で、会員の研究も盛んで何冊もの小冊子が発行され、その内容はいずれも興味深いものであった。

私の最大の関心事は、光太夫とともに帰国した磯吉の陳述書があるか否《いな》かであった。

それを口にすると、山口氏は、一通のコピーを渡してくれた。表題に、「大黒屋光太夫配下磯吉の滞露体験記『極珍書』について」とあり、筆者は藤田福夫氏、発行所は椙山《すぎやま》女学園大学振興会であった。

山口氏の説明によると、磯吉が江戸から郷里に帰った時、菩提寺《ぼだいじ》である心海寺の住職実静に求められて、漂流、ロシアでの生活を陳述し、それを実静が記録したものだという。きわめて珍しい体験であるので「極珍書」という書名にしたのである。

私は、来た甲斐《かい》があった、と思った。山口氏をはじめ会員の方々に案内していただき、光太夫資料室の展示場にもおもむいた。それは、小学校の教室をあてたもので、ロシアから持ち帰った品々が並べられていたが、近い将来、記念館を設け、そこに展示するという話であった。

私は満足し、電車で名古屋に出ると、一六・四五発の「のぞみ」で帰京した。

帰宅した私は、「極珍書」を読んだ。

「北槎聞略」が、幕府に提出した公文書であるのとは異なって、「極珍書」は磯吉の私的な陳述であるので、自由な発言がみられる。日本の漂流民を父としロシア婦人を母とした、きわめて美しい娘と肉体関係をむすんだなどという告白。それをこの娘と「密通ス」と記されている。

また、オホーツクからイルクーツクへの氷雪の中での旅で、大木の上に馬の死骸《しがい》がかかっているのをみて仰天したとも書かれている。積雪期に疲労と寒気で斃《たお》れた馬が放置され、雪がとけてそのまま樹木にひっかかったまま垂れている。それを「干瓢《かんぴょう》ノ如《ごと》ク」と記しているが、肉が腐って落ち、皮と腱《けん》のみになって垂れているのを、干瓢の如くと表現していることに、磯吉の新鮮な眼を感じた。

私は、「極珍書」を読んで光太夫を主人公にした小説を書きたいという思いがつのった。「北槎聞略」以外に「極珍書」を得て、新しい書き方ができる自信を得た。これまで漂流記の小説を書いてきたことで親しくなった漂流研究者の人々と電話で話し合ったりして、光太夫執筆の態勢をかためることに日を過ごした。

そのような折に一通の手紙が送られてきて、私は不快な思いを味わった。それは私が光太夫を小説に書くことを聞き知った人からのもので、文面によるとかなりの光太夫研究家らしく、光太夫の年譜が同封されていた。

私の日記には、

「手紙の内容が荒々しく、そのまま返送。私とはちがった世界に住む人」と書かれ、殊《こと》に私を不快がらせたのは、「おろしや国酔夢譚」の作者井上氏を甚だしくくさしていることであった。

史実の研究は、ゆるい速度ではあるが少しずつ進み、新しい史料が発見されることもある。井上氏がその小説を書いた時には、その時点で入手できた史料を参考にしていて、それを稚拙であると断じていることは不当であり、礼を失している。私は、先人の筆に成る作品に十分な敬意をはらいながら、新しく世に出た史実をもとに光太夫像を書こうとしているのだ。

私が再び光太夫の生地若松町を訪れたのは、その直後の二月二日であった。山口氏に会い、磯吉の陳述書とされる「魯西亜国漂船聞書」のコピーを渡していただいた。氏は、光太夫研究の町の人たちにも引合わせてくれ、光太夫の乗った「神昌丸」の出帆した白子浦をはじめ関係のある各所に案内して下さった。

日帰りできず、私はホテルに泊まった。

私は、ホテルの部屋で「魯西亜国漂船聞書」を読んだ。「北槎聞略」より密度が濃く、多岐にわたっている。たとえば、漂着したアムチトカ島でのロシア人と土着民の争闘や、光太夫が遊郭にあがったことなども率直に述べられている。

私は、「北槎聞略」と「極珍書」「魯西亜国漂船聞書」によって光太夫の漂流記をかけばよいのだ、と思った。しかし、私の気持は重苦しく、私のもとにおくられてきた研究者と称する人の手紙が眼の前に浮かぶ。その人は、研究をまとめたものが十ヵ月後に出版されるので、それを参考に小説を書いてよい、などとも書かれていた。

すべてが尊大で、私は、その手紙に添えられていた年表を送り返したのだが、小説を書く出鼻をくじかれた思いであった。これまで、歴史小説を書く場合、同じ素材を研究している人がいたことは一度もない。無人の荒野を一人で歩いてゆくように、私はのびのびと歴史小説を書いてきた。それは爽《さわ》やかな気分であったが、手紙を寄越した人の文面が思い起こされ、不快だった。

小説の素材は無限にあり、私の場合、光太夫以外に小説の素材を求めてもよい。しかし、手紙を寄越した人は、光太夫のみをテーマに長年すごしてきたにちがいなく、私はその人とのトラブルを予想し、光太夫執筆を諦めるべきだ、と思った。

その夜のことを記した日記には、

「ホテルで眠れず、明け方にうとうととした程度。あれこれと考え、大黒屋光太夫は書かぬ方がよいと思ったりする」

と、ある。

しかし、翌日の日記には、

「快晴。

十時に山口館長来。山口氏提供の資料で書けばよいと決断。氏に江島若宮八幡《はちまん》神社に連れて行ってもらったりして、白子駅で別れる。午後二・三五発の『ひかり』で名古屋をはなれ、五時過ぎ、帰宅」

と記され、迷いがふっ切れ、小説の執筆に入る気持になっている。

三日後の二月六日の日記には、早くも、

「光太夫　一枚書く」

とあって、それからは小説「大黒屋光太夫」の執筆に専念している。

私は、早目に書くのが習癖で、やがて原稿は次々と桐原氏に渡され、それは、毎日新聞に連載されていった。

その後、威丈高な手紙を寄越した方は、私の柔軟な返事に反省したらしく、詫《わ》び状をおくってきた。研究に没頭している人にありがちな、偏狭な言動を一時的にしていたのだろう。

小説「大黒屋光太夫」を書き進めている間、光太夫という人物が漂流民の中で傑出した教養人であることに感嘆していた。

帰国後、光太夫に接した人々もかれが豊かな教養をそなえた人物であることを知り、それが「北槎聞略」の編者である桂川甫周から洋学者の間にひろまった。

そのため、光太夫は当時洋学者の代表的な存在であった大槻玄沢《おおつきげんたく》に西洋暦の新年を祝う洋学者の会——オランダ正月に招かれ、上席に坐《すわ》らせられたりしている。その会の雰囲気には、洋学者たちの光太夫に対する畏敬《いけい》の念がうかがえる。

光太夫が帰還してから十三年後に帰国した石巻《いしのまき》の船「若宮丸」の、太十郎を除く、津太夫、儀兵衛、左平も、大槻玄沢から聴き取りを受けて、それが「環海異聞」としてまとめられている。

この聴き取り調査を終えた玄沢は、その感想として津太夫ら三人が無学で教養に欠けている、と評している。これは、あきらかに大黒屋光太夫と対比してのことで、津太夫らをそのように評するのは余りにも酷である。

光太夫は、廻船の船宿兼回漕《かいそう》業を営む名家の商家に生れ、廻船の沖船頭を世襲する家の養子となり、沖船頭職をつとめた。そのような経歴から漢字を熟知し、船に乗っても浄瑠璃《じょうるり》本や国語辞典とも言うべき節用集を常時手もとに置いて愛読していた。そうした文字に対する親しみから、ロシア領に漂着した後も、ロシア文字を系統的に身につけた。

それに比して、津太夫らは水主《かこ》で、船をあやつるのを仕事としている。文字も平仮名を書くのがせいぜいで、まして漢字など知らなくてもいっこうにさしつかえはない。ロシア領ですごす上で、生活するのに必要な日常会話をおぼえはしたものの、文字を知ってつづる必要はなかったのである。

私も多くの漂流記を素材にした小説を書いてきたが、異国に漂着した船乗りが、故国である日本に出した手紙は、おしなべてたどたどしい平仮名文のものであった。光太夫のように漢字で文章をつづり、さらにロシア文字を書ける漂民は皆無であったのである。

光太夫の得たロシアに関する知識は的確で、それを知った幕吏は、光太夫を貴重な情報提供者と考えた。そのため、かれは磯吉とともに将軍に拝謁《はいえつ》し、桂川甫周らの質問に答える形でロシア事情について述べている。

かれと磯吉が、江戸で罪人扱いされて幽閉状態におかれたまま死を迎えたという、半ば定説化された説がある。しかし、史料を検索するかぎり、そのような事実はなく、行動は自由であったとみていい。

磯吉のみは帰郷を許されたとされていたが、山口氏よりの連絡で光太夫が帰郷した折の文書が発見されたことを知った。私は、氏から送られた史料をもとに光太夫帰郷について小説に書き添えた。

このようにして、「大黒屋光太夫」は、山口氏をはじめとした大黒屋光太夫顕彰会の会員の方々の御協力によって成った。私が光太夫調査のため若松町を訪れた頃、会員の悲願は記念館を創設することだときいていたが、それが実現するという連絡を得た。

山口氏をはじめ会員の方々の喜びが、想《おも》われる。

iii

人と触れ合う

味《み》噌《そ》漬《づけ》

三十年ほど前のことである。

どうもいけない。思い出話となると、三十年前、四十年前などとなる。自分ではつい先頃のことと思うのだが、やはりかなり年齢《とし》をとったのだな、と胸の中でつぶやく。

その頃のある日の夕刻近く、外出先から帰ってきて家に入り、書斎のドアをあけると、思いがけず十七、八歳の娘さんが身をすくめるようにしてドアの内側に立っていた。見たこともない娘さんで、私はなぜ彼女が私の書斎にいるのかわからず、立ちつくした。

娘さんは、肩をすくめておびえたような眼をして、軽く頭をさげた。

私は、呆気《あっけ》にとられ、書斎に入るのもためらわれてドアをしめた。

隣りの応接間のドアが開いて、妻と女性の編集者が言葉を交しながら出てきた。妻は私同様小説家で、応接間で編集者と仕事の打合わせをし、それも終ったようだった。編集者は私もよく知っている人なので、玄関に立った編集者を妻とともに見送った。

「書斎に女の子がいるぞ。あんた、知っているのか」

私は低い声でたずね、妻の顔を見つめた。

妻は、無言で私を居間に導き、

「家出してきたらしいのよ」

と、言った。

編集者がくる少し前、玄関のブザーが鳴ってドアをあけると、ボストンバッグを手にした彼女が立っていた。

彼女は妻の小説の愛読者で、どのような仕事でもするから家に置いて欲しい、と口早やに言った。突きつめた表情に妻は、

「家出してきたんですね」

ときくと、彼女は少しためらいながらもうなずいた。

妻は、彼女をドアの内部に入れたが、その時、編集者が来たので玄関脇《わき》の私の書斎に彼女に入っているように言ったという。

家出してきたというのが事実とすれば、妻が冷淡に追い払えば、彼女は行くあても

なくこの都会の中をさまようことになる。当然、悪い意図を持つ誘惑の手がすぐにのびて、おぞましい世界の中に埋没することはあきらかで、妻が彼女を家に引き入れたのは正しい、と思った。

「ともかく話をきいてみよう」

私は言い、妻が彼女を書斎から居間に連れてきた。

彼女は、伏眼がちに話しはじめた。

家は秋田県下の農家で、高校を卒業したばかりだという。一人娘なので婿《むこ》養子を迎え入れることになり、話は進んで養子に入る男との結婚式の日取りもきまった。

しかし、彼女はその男の妻となることなど考えられず、嫌だ、嫌だと繰返したが、両親は頑として承知せず、思い悩んだ末、意を決して家出した。妻の小説を読んでいた彼女は、妻なら温く迎え入れてくれそうに思い、訪れてきたのだ、という。

彼女は涙ぐみ、声をつまらせて話す。標準語に近いが、その言葉にはあきらかに秋田特有の訛《なま》りがあった。

私は妻と話し合い、とりあえず家にいてもらうことにした。突き放してしまうのはきわめて危険で、私たちが保護しなければならぬ立場にあるのを意識した。

夕食を共にし、その夜は小部屋に泊ってもらった。

翌朝、食事をとりながら、

「遠慮なく食べなさいよ。ここにいさせてもらうのが心苦しかったら、掃除でもなんでもして働けばいいんだから……」

と、私は食事をする彼女に言った。

彼女は、庭の掃除をしたりしていた。

私は、妻と話し合った。当然、彼女の家出に両親は驚き、狂ったように探しまわっているはずだった。私たちとしては、親に彼女が自分たちの家にいることを伝え、安心させてやらねばならない。電話をかけるのが最も手っとり早いが、並々ならぬ覚悟で出てきたであろう彼女が、果して電話番号を教えるかどうか。

説得は私がすることになり、彼女を呼んだ。

家出娘にとっていかに都会が恐しい所であるかをくどいように話し、故郷へ帰るべきだと言った。親の心配がいかに大きいかを口にし、

「あなたが私の家にいることを、親御さんに報《しら》せよう」

と、言った。

じゅんじゅんと説く間、彼女は顔を伏せて黙っている。電話番号は？　ときいても頑《かた》くなに口をつぐんでいる。

ようやく彼女が私の出した紙に電話番号を記したのは、かなりたってからであった。妻が受話器を手にしてダイヤルすると、すぐに相手が出たらしく、妻が彼女を保護していることを伝えた。しかし、妻は黙しがちで、私を振向くと、

「なにを言っているのか、東北弁なのでわからないんです。あなた、出て下さいな」

と、言った。

私が会社勤めをしていた頃、東北地方を担当して各地をまわっていたことを知っている妻は、受話器を私に渡した。

電話口に出ていたのは彼女の母親で、私の家に彼女がいるので安心して欲しい、と言うと、

「いがったあ（良かった）」

という絶叫に近い声がきこえた。

母親は、すぐに彼女の父親を迎えにゆかせるので家にとどめておいて欲しいと言い、私は住所、電話番号を教えた。

不思議なことに憂《うれ》いがちであった彼女の顔は明るくなり、父親がくるのを待つような表情に変った。

夕食の折、私は再び遠慮なく好きなだけ食べなさい、とすすめ、

「お礼なんかいらないけど、気がすまないようなら故郷に帰って、家でつくった味噌漬でも送ってくれればいい」

と、言った。

彼女の父親が姿を現したのは、翌早朝であった。頭を丸刈りにした四十代半ばの人で、夜行列車に乗って来たと言い、玄関先で何度も頭をさげた。あがるようすすめたが、かれはその場に立ったままで、やがて妻に連れられて出てきた娘とともに頭を深くさげ、外に出ていった。

私と妻は、重荷をおろしたような気分であった。

ところが、翌早朝、またも彼女の父親が訪れてきた。夜行で上京して娘とともに帰郷したかれは、再び夜行列車に乗って私の家にやってきたのだ。大きなリュックサックを背負っていた。

私のすすめで、父親は靴をぬぎ、応接間に入った。

かれは、リュックサックから大きな包みを取り出してテーブルの上に置いた。中身は大根の味噌漬で、その量の多さに驚いた。味噌漬でも……と言った私の言葉を彼女が伝えたことはあきらかだった。

私は、言わねばならぬことは言うべきだ、と思い、口を開いた。娘さんは相手の男との結婚をきらい、家出までした。娘さんの気持を尊重してやるのが先決で、強引に結婚させるのは酷ではないか、と。

しかし、父親は私の意見をきき入れることはしなかった。農家に婿養子にくるなどという青年は稀《まれ》で、幸いにもそれに応じた男がいて、どうしても娘と結婚させたい。先祖代々うけつがれてきた田畑がそれによってひきつがれてゆき、養子をとることが私の務めなのだ、と農村の事情を朴訥《ぼくとつ》な口調で語った。

その言葉には底知れぬ重みがあり、私は、少しも物に動じることなく話す男の態度に何度もうなずいていた。私は通り一遍の常識を口にしただけで、男の一家には都会人である私などが立ち入る余地のない深い事情が厳として存在している。私は、物知り顔に男をたしなめた自分を恥じた。

「よく娘に言いきかせ、無事におさまるよう努めます」

と言って男は腰をあげ、玄関で前回と同じように頭を深くさげて出ていった。

「あのような人が農業を守っているんですね」

妻は感心したようにうなずいていた。

今でも味噌漬を口にする時、娘さんの顔が頭に浮ぶことがある。いがったあ、という母親の声、リュックサックを背負った男の姿。

娘さんはどうしているのか。一度、妻に礼状が来ただけで、その後、連絡はない。今では五十歳近くなっているはずだが、もしかすると養子に入った男との間に三、四人の子をもうけて農業にはげんでいるのではないのだろうか。両親と娘さんの間には深い愛情が感じられ、勝手な想像だが、なんとなくそんな気がしている。

変人

現在、中間雑誌という名称があるのかどうか知らないが、文芸雑誌と大衆小説雑誌の中間ということで、そのように名づけられたのだろう。文芸雑誌と大衆小説雑誌の執筆者たちが入り乱れて小説を書き、異様な熱気があって、名作と言われた作品がつぎつぎに発表された。

川端康成、武田泰淳《たいじゅん》、椎名《しいな》麟三《りんぞう》その他の純文学作家と言われていた方々の名も目次に並んでいて、それぞれに魅力のある作品を書いていた。雑誌の編集方針は、世間的な体験を積んだ読者を満足させる上質の作品を掲載することにあったのだろう。

新人賞である太宰治賞を受賞して小説家としての生活に入った私にも、中間雑誌から執筆依頼があって、作品を発表させてもらうようになった。

私を担当してくれたのは、老練な編集者として名の知られた方で、仮にP氏として

おく。

初めて小説の執筆依頼に拙宅を訪れてきた氏は、応接室で私と向き合って椅子《いす》に坐《すわ》

るとすぐに、

「小説家は変人ばかりですからね、そう思っていれば、常識はずれのことをされても

腹は立たない」

と、張りのある声で言った。

それが初めての挨拶《あいさつ》の言葉であることに呆気にとられた私は、思わず薄れた白髪の

氏の顔を見つめた。驚きはしたものの、その言葉が長い間の編集者としての経験から

出たものであるのを感じた。

しかし、会うなりそれを口にした氏が、私にむかって言っているように思え、

「私も変人なのでしょうか」

と、愚かしくもたずねた。変人などと言われたことは、それまでなかった。

「当り前です。変人でなければ小説など書きませんよ」

氏は、明快に答えた。

私は、にが笑いし、まあどうでもいいや、と思い、氏と小説執筆の話に入った。依頼枚数、原稿締切日などを立てつづけに口にし、いいものを書いて下さいよ、と言ってそうそうに腰をあげ、ベレー帽をかぶって玄関のドアから消えた。

その後、氏の依頼で小説を書いて渡すようになったが、氏と接触をかさねるうちに、胸の中でひそかにつぶやくものがあった。

氏は小説家を変人ときめつけているが、氏こそ変人ではないか。変人の小説家と付き合っているうちに変人になったのかどうかは知らないが、氏を見ていると、変人であるからこそ編集者をやっているのではないのですか、と氏にその言葉をそのまま返したい気がした。

締切日の一週間ほど前に氏から電話がかかってきて、何日頃にいただけるか、と問うのが常であった。進行状態から考えて、何日には、と答えると、氏はその日の朝、七時半から八時の間にきまって拙宅に姿を現わす。

早朝に編集者がやってくることなどないので、初めの頃は途惑ったが、氏が「朝駆けのPさん」と文壇で広く言われているのを知った私は、小説をその時刻までに必ず書き上げて、朝食も早目にすませて待ちかまえるようになった。

「あなたは約束の日に必ず小説を書き上げている。えらい」

と私をほめ、締切日が過ぎても小説を渡せぬ小説家を、

「全く困ったものです」

と、うんざりしたように言う。

その例を次から次にあげて、それでもなんとかして小説をもぎとるという凄絶《せいぜつ》ともいえる話をいくつもしたが、圧巻は林芙美子《ふみこ》氏とのことであった。

林氏も苦しみながら小説を書く方なので、締切日に間に合ったことがない。

その時も、締切日を過ぎても書き上らず、今日こそはなんとしてでも持ち帰るという意気込みで、氏は例のごとく朝早く林氏の家に行った。

玄関のブザーを押すと逃げかくれされる恐れがあるので、P氏はいつも庭木戸をぬけて庭から母屋《おもや》にあがるようにしていたという。

家事手伝いの女性が出て来たので、林氏に会いたいと言うと、女性は、

「先生はお亡《な》くなりになりました」

と、眼に涙をにじませて言った。

そんなことでだまされるものか、と氏は奥の部屋に入った。林氏は、ふとんの中に身を横たえていて、顔に白い布がかけられている。

氏は声をかけ、枕《まくら》もとに坐って白い布をとり除いた。

「本当に亡くなられていたんですよ。私は思わず合掌しましたがね」

氏は、手を合わせる仕草をして私に言った。

当時の新聞に、林氏が小説の執筆の過労のために急死したと書かれていたのを思い出し、氏の話に林氏の小説家としてのすさまじい生き方を知ると同時に、氏の迫力にみちた編集者の姿勢を感じた。

私はP氏から約束の日に必ず小説を渡すことをほめられていたが、たしかにそれまで原稿提出が締切日におくれたことは一度もない。

氏の話によると、それはまことに稀有《けう》なことらしく、その理由を自分なりに考えてみたが、結局、生来私が小心者だからだということに落着いた。

ある出版社におもむいて編集室で編集者と話し合っていた時、突然怒声がきこえ、私はその方に顔をむけた。

文芸雑誌の編集長が受話器を手にして立っていて、まだ書き上らないんですか、と顔を赤くして怒っている。

私は、眼の前に坐る編集者に電話の相手はだれですか、と低い声でたずねた。

編集者は、ためらいながらも遅筆で名高い小説家の名を口にした。

私は、背筋が凍りつくような恐れを感じた。編集長は温厚な感じの方で、言葉使いもおだやかだが、別人のような険しい表情をして荒い言葉を口にしている。もしも締切日におくれれば、私もこのような言葉を浴びせかけられることになるのだ、と思った。

そんな情景を眼《ま》のあたりにしたこともあって、私は、一層締切日におくれないようにと、その数日前を自分なりの締切日に定めて早目に書きはじめ、途中、休むことなく書きつづけた。

P氏にはそのようにして締切日の数日前に小説を渡すようにしていたが、時には氏が、

「今回は前回よりおそい」

などと言い、小心者の私は、次の回にはさらに少し早目に渡す。

そのようなことを繰返しているうちに少しずつ小説を渡す日が早くなり、氏はすこぶる上機嫌であった。

ある小説を書きはじめて半ばまで達した頃、私は顔色を変えた。その小説の後半は高知市に実地踏査をしなければ書けぬ性格のもので、航空券も入手していたが、突然、航空会社の全便ストの発表があって高知市に行けなくなった。列車で行くことも考えはしたが、それでは氏との約束の日には到底間に合わず、やむなく完稿を断念した。

私は、恐るおそる編集部に電話をした。

P氏は外出していて、編集長が、代りに電話口に出た。

私は、航空会社のストで高知市に行くことができず執筆は不可能になったので、申訳ないが小説をお渡しすることはできない、と言った。

私の言葉をきき終えた編集長は、おだやかな声で、

「いったいPは、いつまでに書いて欲しいと言っているのですか」

と、たずねた。

私が、その月の二十日だと答えると、

「締切日までは半月以上もありますよ。ゆっくりと高知に行かれて、ゆっくり書き上げて下さい」

編集長の声には、呆《あき》れたというか笑いをふくんだひびきがあった。

私とて毎回、実際の締切日にはまだ余裕があるとは感じていたが、半月以上もあるとは知らず、安堵《あんど》するとともに呆れた。

P氏は編集長からなにか言われたらしく、催促の電話はかかってこず、その月の末日に、

「どんな具合ですか」

と、おだやかな声で電話があった。

書き上っている、と答えると、翌早朝、氏が家にやってきた。私は言葉少なに原稿を渡し、氏も言葉少なに帰っていった。

そのことがあってから、私がP氏に小説を渡すのは月の末日になった。

やがてP氏は停年を迎え、出版社を退社した。

氏の長年の仕事に対する感謝の会があって、私にも案内状が来て出席した。会場はどこであったか忘れたが、高名な作家が多く出席し、二、三百人の会であった。

井上靖、今東光、有吉佐和子らの各氏がスピーチをしたと記憶しているが、氏のすさまじいばかりの編集者魂を、奇行、珍行をまじえて披露する。会場は笑い声にみちたが、立っている氏は、時には頬をゆるめはしたものの不愛想な表情をしているのが可笑《おか》しかった。

それから半年ほどして、氏が午前中に私の家に訪れてきた。

氏は、退社後間もなく、ある小説の雑誌を出す出版社からの誘いで編集顧問に迎え入れられた、と説明し、その雑誌に小説を書いて欲しい、と言った。氏は、多くの小説家を知っていて、新雑誌の幹部はそれを得がたい宝と考え、氏を顧問に迎えることによってそれらの小説家の作品を雑誌に掲載しようとしている。氏もそれを十分に承知し、むしろ誇りにも思って、親しい小説家の一人である私にも執筆依頼に訪れたにちがいなかった。

私は、一息ついて口を開いた。

「Pさんは、もとの雑誌におられた時、繰返し私にこんなことを仰言《おつしや》っておられましたね」

P氏は、氏が所属していた雑誌以外の中間雑誌に小説を書かない私は節度があって見事だと、ことあるごとに言っていた。

「そのようにPさんは仰言っておられたのですから、それを守って他の雑誌に書く気は毛頭ありません」

私は、言った。

氏は、私の言葉が意外だったらしく、驚いた表情をし、

「だめですか」

と、言った。

「はい、だめです。私の流儀です」

私は、はっきりした口調で答えた。

それで引きさがるような氏ではもとよりなく、私に書くようさまざまな言葉を口に

つづけた。

したが、私は、ここはあくまで踏んばらねばならぬと自らに言いきかせ、頑《かたく》なに拒み

やがて氏は口をつぐんだ。険悪な長い沈黙が流れた。

昼食時になっていて、家人が気をきかせて近くの鮨屋《すしや》から取り寄せたちらし鮨を応接間に運んできて、氏と私の前に置いた。

私は箸《はし》を手にしたが、氏は、

「このちらしには針が何本も入っている。どうしても書かないと言うのなら、いただきません」

と、言った。

私は、箸を置いた。

しばらく黙って窓の外をながめていた氏が私に視線を据えると、

「それでは、私への香奠《こうでん》として書いてくれませんか」

と、強い口調で言った。

予想もしていなかった言葉に私は驚いたが、

「香奠は、Pさんがお亡くなりになった時にお持ちします。生きておられるのにお渡しするような失礼なことはできません」

と、氏の顔を見つめながら言った。

氏は、そうですか、と言って小刻みに何度もうなずき、

「わかりました。それでは、せっかくお出し下さったのですからいただきましょう」

と言って箸をとり、私もおもむろに箸に手をのばした。

氏が亡くなられたのは、それから数年後で、私は香奠を手に御自宅で営まれた御葬儀におもむいた。小説家の姿はほとんど眼にしなかった。

飾られた氏の額におさめられた遺影の顔は、なにも面白いことはないといった表情であった。

氏は編集者としてあきらかに変人であり、その後氏のような編集者と接したことはない。

氏は、私を小説を書く人間の常として変人だときめつけたが、私は、世間通念にしたがったきわめて正常、平凡な人間だと自ら思っている。

ただこのエッセイを書き上げて、私も変人だと言った氏の言葉が、なんとなく胸にわだかまっている。

恩師からの頂戴物《ちょうだいもの》

中学校の三、四年生頃、よく上野公園内にある帝室博物館に行った。現在は東京国立博物館と改名されているが、敷地も建物もその頃と変りはない。

気軽に足をむけたのは、私の住む町から山手線で一駅の鶯谷《うぐいすだに》駅から歩いてすぐの所にあったからで、時には歩いて行くこともあった。

静かな館内には日本画、工芸品等超一流の美術品が展示されていて、それらを一ツ一ツ見て歩く。贅沢《ぜいたく》きわまりない豊かな気分になり、時には長い間足をとめて見つめることもあった。

中学生（旧制）に美術品の良さなどわかるはずはないと言うかも知れないが、十六、七歳の頃の自分のことをふり返ってみると、十分に大人であったのを感じる。現在でもその年齢の男女を私は、大人と同じように世の中のこと、生や死についてあれこれと考え、美術品にしても、秀《すぐ》れたものに魅せられる能力をそなえていると思っている。

若い頃愛読した内田百閒《ひゃっけん》氏の随筆に、こんなことが書いてあった。音楽が好きな人と絵画が好きな人とは、生れつきの素質ではっきりわかれている、と。

内田氏は音楽が好きな部類にぞくし、人に誘われていかに評価の高い絵の展覧会に行っても退屈するという。その分類にしたがうと私は絵画派にぞくし、クラシックのコンサートに自分から足をむけることはない。音楽好きの娘が大学生であった頃、誘われてコンサートに出向いていったが、娘は一度で懲《こ》りた。私は眠り、いびきをかくのではないか、とはらはらしたという。

しかし、私とて人間であり、美しい音楽に聴き惚《ほ》れることはある。とは言っても、内田百閒氏の分類から考えて、音楽派の人のように理解する能力には欠けていることを十分に知っている。

このようにして中学生の頃から美術品を見るのが楽しみで多くのものを眼にしてきたが、だからと言ってそれを手もとに置きたいという気持はさらさらない。美術品に秀れた鑑賞眼を持つ人は、それを入手して身近でながめ、焼物などは手にふれて楽しむらしい。しかし、私の場合は、中学生時代に帝室博物館でガラスをへだてて美術品を見た習慣がその後も尾をひき、美術品とはガラス越しに見るものになっている。

そうしたことから、家には書画骨董《こっとう》に類するものはない。第一、それらは高価であり、私にはそうしたものに金銭を費す気はなく、余裕もない。

ただ一点、書画にぞくすると言っていいものがある。著名な陶芸家の故板谷《いたや》波《は》山《ざん》氏の描いた墨絵である。

私の通っていた中学校に、板谷菊男先生という国語の教師がおられた。学校には個性豊かな教師が多かったが、板谷先生は気品があり、色白の顔の高い鼻梁《びりょう》の鼻は優美で、のびやかな声で古文の授業をする。板谷波山氏の御子息であることは、自然に知った。

生徒たちを喜ばせたのは、時に短い怪談を口にされることで、お化け先生とも言われていた。怪談の時代背景は主として中世で、たとえば首のない武者たちの行列が深夜、城下町をひっそりと進んでいったというような、物語であった。私たちは息をのみ、耳をかたむけて、その影響で、私はラフカディオ・ハーンのKWAIDANを英語の辞書をひきながら読んだりした。

私にとって先生は印象深い教師で、卒業後も先生が黒板に白墨をたたくようにして文字を書かれる姿を思い起したりしていた。

二十代半ばから私は小説を書くようになり、自費出版で初めての短篇集を出し、それを先生に送った。

やがて小説家として生活ができるようになって間もなく、思いがけず先生から封筒に入ったお手紙をいただいた。私に見て欲しいものがあるので、私の家を訪れたいという。

見て欲しいものとは、いったいなんなのか。御来宅下さるのは恐縮なので、どこへでもうかがいますと手紙を出すと、君の生活も見てみたいから、という御返事が折り返しあり、それではお待ちしますという手紙を家の略図とともに郵送した。

その日、先生は風呂敷《ふろしき》包みを手に拙宅においでになった。頭髪が白くなっていたが、優美なお顔はそのままで健康そうであった。

応接間の椅子《いす》に坐《すわ》られた先生は、風呂敷をひらいて分厚い原稿をお出しになり、テーブルの上に置いた。目分量で三百四、五十枚はあった。

先生は、照れ臭そうな眼をされて話しはじめた。

中世を舞台にした短い物語を十篇ほど書き、知り合いの出版社で出してもよいと言われている。自分は素人《しろうと》で、専門家の私に見て欲しいという。

私は、驚きというよりは狼狽《ろうばい》した。先生は中学校時代の恩師であり、その頃私の作文の採点もして下さった。たとえ私が小説家になっているとは言え、教えをいただいた先生のお書きになったものをとやかく言うのは僭越《せんえつ》な気がする。

「私は、その任にありません」

と答えたが、先生は、ぜひにと言い、お茶を飲んで帰ってゆかれた。

私は、先生の置いてゆかれた原稿を前に重苦しい気分であった。先生は自ら素人、と言われたが、たしかに秀れた国語の教師であっても書かれたものが水準以上とはかぎらない。むしろ、拙劣で読むに堪えないものであるという確率がたかい。

私は小説家であり、こと小説に関しては嘘偽《うそ》りは口にできない。これはだめです、と言った折の先生の顔を想像すると、身のすくむような困惑をおぼえた。

さて、どうしたものか、と思いまどい、書斎の書架にそれを置き、視線もむけぬようにしていた。しかし、気になってならず、数日後、それを机の上に置いて一枚一枚繰っていった。

読み終えた私は、体の筋肉が一度にゆるんだような安堵を感じた。表現は古くはあるが、それがむしろ中世の時代の雰囲気をかもし出すのに適していて、いくつかの短い物語も起承転結がきっちりとしているため躍動感がある。それらの作品の根底に先生の深い古文に対する素養が感じられ、まちがいなく水準に十分に達した作品集に思えた。

私は、各作品に対する忌憚《きたん》のない感想を記した上で、出版に価《あた》いする作品集であるという手紙を送った。

先生が原稿を引取りに拙宅においでになられた。先生はなおも細部にわたって私の感想を求め、

「いろいろとありがとう」

と言って、原稿を風呂敷に包まれて帰ってゆかれた。

私は、救われた思いであった。それは先生の書かれた作品が幸いにも出版に価いする質のものであったからで、もう二度とこのような経験はしたくない、と思った。

しばらくしてその作品集は単行本となり、教え子たちによって出版記念会がもよおされた。教えを受けた者が多数集まり、先生は面映《おもは》ゆそうであった。

それからしばらくして、先生が拙宅においでになられた。風呂敷から細長い桐《きり》の箱を出し、

「亡父の波山が描いたもので、なにか御礼をと思い持ってきました。受取って下さい」

と言って、幅《ふく》をひらいた。

それは墨で描いた観音像で、作品の下絵の由《よし》であった。

そのような貴重なものをいただくいわれはない、と固辞したが、先生は承知せず、腰をあげた。私は、駅まで送っていった。

それから数年後、先生は逝去《せいきょ》され、私は多くの教え子とともに御葬儀に参列した。

私は、年に一、二度その幅をかけてその前に坐る。波山氏の作品は典雅な気品にみち、ゆるぎない悠久性をもつ。薄めの墨でえがかれた下絵だという観音像の絵も、作品同様の品格がある。のびやかで、それに対していると身も心も天空を遊泳するような気持になる。

私は、いつも長い間その前に坐っている。

齋藤十一《さいとうじゅういち》氏と私

昭和四十一年二月、私は三十八歳であった。

その頃私は、体が宙に浮いているような不安定な状態にあった。

それより七年前「鉄橋」という小説が芥川賞候補作品に選ばれた後、つづいて作品が同賞の候補に三度推されはしたものの受賞とは縁がなく、作品依頼もほとんど絶え、二児の父として生活を維持するため兄の繊維会社に勤めていた。

それでも私は、同人雑誌に作品を書きつづけていたが、同人雑誌評では、「(吉村の）この作品はさておいて」という表現で批評の対象から除外され、私は自分がすでに新人としての新鮮味を失った元芥川賞候補作家にすぎないのを感じていた。

たまたま昭和四十年の夏に妻の書いた小説が芥川賞を受賞し、私は九月に会社をやめた。それまで私が維持してきた生活の費は妻に負担してもらい、一年を限度として時間のすべてを創作に打ち込み、それでも文壇に出られなかったら再び勤めの生活にもどろうと思ったのだ。

会社をやめて間もなく、文芸雑誌の編集部から一作見せて欲しいという手紙が来て、私はほとんど書き上げていた「星への旅」という八十枚ほどの作品を提出したが、没になった。私は、それを同人雑誌にのせてもらおうと思っていた。

その頃、筑摩書房で太宰治賞を創設しながら第一回目は受賞作がなかったことを知り、「星への旅」を推敲《すいこう》清書して年が明けた一月末日に応募作品として郵送した。

郵便局からの帰途、私は郵送したことを甚しく悔いた。当時は現在とちがって文学志望者は同人雑誌に小説を発表し、だれかの眼にふれることをひたすら願うのみで、いわば受動的であった。それが文学の世界の仕来《しきた》りで、自分から作品を読んで欲しいと差し出すようなことはするべきではなく、それなのに懸賞に作品を応募したことはまことに恥ずかしいかぎりだ、と思ったのだ。さらに私は、作者名を仮名にしたことにも自己嫌悪《けんお》を感じていた。私の名は古びていて、あたかも新人の応募作品のごとく仮装し、受賞を願う下心がひそんでいたことが恥ずかしかった。私が不安定な状態にあったというのは、そのような応募作品を郵送した後だったのだ。

郵送してから数日後の二月上旬、「新潮」編集部の田邊《たなべ》孝治氏から会って話したいことがあるという電話がかかってきた。氏は文学に鋭い観察眼を持つ編集者として知られていて、その氏がなぜ私の家に訪れてくるのか、全く見当はつかなかった。

その日の夕方近く訪れてきた氏と私は、せまい部屋で向き合って坐った。

氏が用件を口にしたが、それは想像もしていなかった内容であった。

新潮社の重役で「新潮」の編集長でもある齋藤十一氏が「プロモート」という雑誌に連載している私の「戦艦『武蔵《むさし》』取材日記」というエッセイを読み、私に戦艦武蔵をどのように小説に書くのか、きいてくるように言ったという。

「プロモート」は、フランス文学者内藤濯《あろう》氏の御子息の初穂氏が社長をしている日本工房という会社から出されている雑誌であった。その会社は三菱《みつびし》系の会社のPR企画を担当し、ロシア文学者の山下三郎氏が「プロモート」の編集を一任され、PR誌ではあるが多分に趣味的な性格を帯びていて、私はそこに掌篇小説をのせてもらったこともあった。

内藤氏は、旧海軍の技術士官でもあって、戦時中に三菱重工長崎造船所で建造された戦艦武蔵の建造日誌のコピーを所蔵していた。氏は、三菱重工のPRの意味を内に秘めていたのか、私に「武蔵」の話をし、建造に従事した技師などの話をきいてそれを「プロモート」に書くようすすめた。

氏から話をきいたり建造日誌を読むうちに私も興味をいだき、技師たちにインタビューをかさね、「戦艦『武蔵』取材日記」という題で一回十三枚の連載をつづけていた。

私が呆気《あっけ》にとられたのは、発行部数千部にも足りぬ「プロモート」を齋藤氏が読んでいるということであった。私も氏が文芸の世界で神格化されている著名な編集者であることは知っていて、そのような氏が「プロモート」のような一般的には無名の小雑誌に眼を通していることが信じられぬ思いであった。

その驚きを口にすると田邊氏は、齋藤氏はあらゆる分野の印刷物を読んでいて、その精力的な眼くばりは驚異の的だ、と言った。

「編集長が小説に書いてもらったら、と言っていますが、どうです書いてみませんか」

田邊氏は、淡々とした口調で言った。

氏が帰ると、私は長い間虚脱したように椅子に坐っていた。それまで私は、フィクションの小説を書くことにつとめ、芥川賞候補に推された作品もそれに類したものであった。戦艦「武蔵」は実在した構築物で、自分の筆はそのようなものを書ける質ではなく最も遠い世界に思えた。

私は、二日間考えに考えぬいた。そのうちに十八歳の夏に突然のように敗戦という形で終った戦争をいつかは書いてみたいと思っていたが、それを「武蔵」に託して書いてみるべきかも知れぬ、という気持も湧《わ》いてきた。恐らく無惨《むざん》な失敗に終るにちがいないが、思いきって書いてみよう、と決意した。

私は本格的な調査に取り組み、「武蔵」建造の関係者に連日のように会い、造船所のある長崎をはじめ各地への旅をつづけた。それに要した費用はかなりの額で、退職金は使い果たし、やむなく原稿料収入を得るようになった妻から金をもらうようになっていた。

四月下旬、私は書き出しの下書きをはじめ、清書した三十二枚の原稿を田邊氏にとどけた。駄目でしたら返して下さい、と氏に言ってそうそうに新潮社を辞した。

その夜、氏から電話があって、

「編集部内で読ませていただきましたが、大変結構だという意見です。この調子でお書き下さい」

と、言った。むろんそれは齋藤編集長の意見であることはあきらかだった。

私はその言葉に気分が昂揚《こうよう》して書き進め、七月下旬に四百二十枚の「戦艦武蔵」を書き上げ、それは受け入れられて「新潮」九月号に一挙掲載された。

私にとっては思いもしなかった性格の小説を書いたのだが、私の資質を見ぬいていたのかどうかはわからぬが、いずれにしても私を思いもよらぬ世界に足をふみ入らせたのは齋藤氏だった。その後、この小説を書いたことによって歴史小説の分野に臆《おく》することなく別け入るようになったが、それも齋藤十一という巨人ともいうべき名編集者のおかげである。

「戦艦武蔵」が「新潮」に発表された前月、「星への旅」が太宰治賞を受賞、選考委員の臼井《うすい》吉見《よしみ》氏から作者名を本名にもどすようすすめられ、それに従った。

私は、ようやく小説家としての歩みを進めることができるようになった。

「正直」「誠」を貫いた小村寿太郎

昭和五十三年の秋も深まった頃、新潮社の出版部長新田敞《ひろし》氏が、私の家に訪れてきた。用件は外交官小村寿太郎を素材に長篇小説を書いて欲しい、という依頼であった。

それより数年前、日露戦争を結果的に日本の勝利にみちびいた日本海海戦を主題にした「海の史劇」という小説を発表し、小村を全権とした日露講和会議がアメリカのポーツマスでおこなわれ、条約が締結されたことにもふれたが、それを読んだ新田氏が、

「条約締結の実情が、今までの定説をくつがえすものですので、それを掘りさげて書いていただきたいのです」

と、熱っぽい口調で言った。

その言葉をきいて、私は少年時代、夕食の折に父が小村寿太郎についてしばしば口にしていたことを思い起こしていた。

「小村という人は外相で日露講和会議の全権になったが、日本が連戦連勝していたにもかかわらず、ロシア側の言いなりになって屈辱的な条約をむすんだ。そのため国民は激昂して、東京のほとんどの交番を焼打ちする大暴動が起った。小村は腰抜けの外交官だった」

私は父の言葉にうなずき、その後、教科書や歴史書にも同様のことが書かれていたので、それを少しも疑うことはなかった。

しかし、「海の史劇」でポーツマス講和会議の史実を読みあさった私は、その定説が全くまちがっているのを知った。当時、連戦連勝はしていたものの、日本の戦力は底をついていて、これ以上戦さをつづければ日本が敗北することはあきらかだった。それを避けるには譲歩しても戦争はやめるべきだという考えから、ロシア側の要求も一部いれて条約締結に持ち込んだ。それを知らぬ国民は、小村を非難し、暴動まで起した。そうしたことから、小村は腰抜け外交官というレッテルをはられ、それがその後長い間定説となっていたのである。

新田氏の依頼に私は、歴史は正しく後世に伝えておかねばならぬと考え、執筆を決意した。

とりあえず、資料収集のため小村の生地である宮崎県の飫肥《おび》（日南市）におもむいた。

その取材旅行は、異様なものであった。

普通ならば郷土出身の人物を主人公とした小説を書くと言えば、筆者は歓迎されるのが常だが、逆であった。日南市でも小村は屈辱外交をした外交官とされていて、それを小説に書かれることは郷土の恥を天下にさらすという意識があるようだった。そうしたことから資料をはじめそれに類したものは皆無で、私は、むなしく日南市をはなれた。

地元の空気がどうであれ、私は本格的な小説執筆のための調査に入った。外務省の外交史料館にはしばしばおもむいて、豊富な資料を閲覧させていただいた。館の入口の左側に、日本の三人の際立《きわだ》った功績のあった外交官の写真がかざられていたが、右側が陸奥宗光《むつむねみつ》、左側が吉田茂で、中央には小村寿太郎の写真がかかげられ、日本の外交史上小村が偉大な外交官であったことをしめしていた。

それだけに史料館には、小村がポーツマス条約で最大限の努力をはらい、輝かしい業績をあげた資料が数多く保管されていた。

私はさらに条約の会議がおこなわれたアメリカのポーツマスにおもむき、会議場であった建物にも行った。

私はポーツマスに滞在中、アービング・リンツという九十六歳の老人に会った。条約の協議がおこなわれた会議場の入口で衛兵をつとめた人で、それにふさわしくかなり長身の大柄な人であった。

かれは、小村が会議場に入る時、銃を手に直立不動の姿勢をとり、それは当時の写真にもうつっている。

私は、かれに一つの質問を試みた。小村は身長四尺七寸(一・四三メートル)であったので、

「ずいぶん小柄な人だと思ったでしょう」

と、たずねた。

ところがかれは不審そうな表情をし、

「そんなことはありません。堂々とした、いかにも一国を代表した威厳にみちた方でした」

と、答えた。

会議の詳細な経過が、日本、ロシア両国側の記録に残されているが、小村は終始冷静毅然《きぜん》としてロシアの全権に対し、そのような態度にロシア側もかれに敬意をはらっていたことが記されている。

かれは、肺結核を病んでいて、帰国後激しい非難の声につつまれ、次第に体調もおとろえて遂《つい》には腑抜《ふぬ》けのようになり、死を迎えた。

私は、この小説に「ポーツマスの旗」という題をつけ、発表した。

かれの郷土である日南市では、腰抜け外交官どころか日本の名外交官であったという認識が浸透し、現在では多くの資料をおさめた小村寿太郎記念館ももうけられ、多くの人々が訪れている。

雲井龍雄と解剖のこと

人間の体内の構造はどんなものであるのか、それは江戸時代から医者の大きな関心事であった。しかし、体内をあばくということは神仏をも恐れぬ非道な行為ともされ、実行は至難のことであった。それでもそのような世の風潮を押し切って、臓器を実見し、記録した医者たちがいた。

それは腑分けと言って、死罪、つまり首をはねられた刑死人の体を牢《ろう》屋敷の雑役がひらき、それを医者が観察する。医者が直接手を下すことは許されていなかったのである。

幕府が倒潰《とうかい》して明治の代を迎え、西洋医学を身につけた医師たちは、西洋の先進国にならって人体の解剖をねがい、政府に「医学研究の為《た》め屍体《したい》解剖」をという嘆願書を提出した。

それは許されて、梅毒患者を無料で治療する黴毒《ばいどく》院で死亡したみきという元遊女の遺体を、医学校（東京大学医学部の前身）の教授が解剖し、多くの医師が見学した。その解剖は、みきが生前、教授たちの説得をいれておこなわれたもので、日本初の献体解剖となった。明治二年夏のことである。

私は、このことについて「梅の刺青《いれずみ》」と題する小説に書いた。みきの腕に、梅花の枝の刺青があったことから、そのような題名にしたのである。

みきの墓へも行ってみた。東京ドームの裏の方にある念速寺という寺の境内の墓地に、それは立っていた。小さな墓で、碑面には美幾女之墓と刻まれていた。

その後、病死した者の献体がつづき、いずれも貧しい人たちで、ねんごろに葬《ほうむ》るという政府の指示があって、死後の安息を得るため応募したのである。

私はこれらの解剖を記録をもとに小説に書いたが、その記録を繰ってゆくうちに思いがけぬ記述を眼にした。解剖された刑死人の中に雲井龍雄という名を見出《みいだ》したのである。

雲井は米沢藩士で、明治政府に反感をいだいて同志を糾合し、それが露顕して政府転覆陰謀のかどで梟首《きょうしゅ》、同志の会津藩士原直鉄以下二十一名が斬首《ざんしゅ》されている。

解剖記録によると、雲井と原をはじめ十体の斬首された遺体は大学東校（医学校改め）に運ばれ、解剖に付されている。それを見学した者の記録に、雲井の体が華奢《きゃしゃ》で肌は白く、「女体ノ如《ごと》シ」と記されている。

雲井の遺体は解剖後、梟首刑の定めにしたがって小塚原《こづかっぱら》刑場に運ばれて捨てられている。

米沢に行って雲井のことを調べたが、その死は梟首とあるのみで、遺体が解剖されたとはされていない。

本誌「刑罰史研究」の編集人佐々木満氏には、大津事件の津田三蔵を小説に書いた折、きわめて貴重な史料を閲覧させていただき、感謝している。先日、お会いした時、雲井と解剖のことを話したところ、それを本誌に書いて欲しいと言われ、それにしたがい、筆をとった次第である。

秀《す》ぐれた研究者

川合彦充著『日本人漂流記』（社会思想社）という書物がある。文庫本であるが、巻末に八十ページにおよぶ近世日本漂流編年略史が記されている。近世におけるおびただしい数の漂流の記録が、略年史として書きとめられていて、漂流に関心をいだく私は、これらの漂流記録の中から興味をいだいたものを選んで史実をしらべ、これまで漂流に関する小説を六篇書いてきた。

これらの漂流の史実をあさってみると、川合氏が書き記した短い記述がすべて正確であることに感心する。

たとえば、弘化《こうか》二年（一八四五）の項に、種子島《たねがしま》に罪人として流された講釈師瑞龍ほか三人が島抜けをして漂流し、清《しん》国に漂着したことが記されている。それらの名前、年齢、地名、島抜けと漂着等の年月日等が記されていることから、私はこの記述を裏づける史料が実在していると直感し、史料をあさることに取り組んだ。

関連のある大阪、山口、長崎に行って調査し、種子島にもおもむいた。種子島の史家からは、島抜けは一件もなかったと言われたが、鹿児島の史料センターの主査尾口義男氏とあれこれ調査をしてみると、瑞龍ほか三名の脱島をしめす埋れた記録が出てきた。

私は、この史実をもとに「島抜け」という小説を書いたが、あらためて川合氏の漂流史料収集の秀れた能力を知った。私の史料調査には多くの日時を要したが、氏はどのようにしてそれを入手したのか。氏はすでにお亡《な》くなりになっているときいているので、おききするすべはないが、このような方がおられることはまことに心強い。一般に知られることは少いが、このような地道に研究している方は、日本文化の宝だ、と思う。

長崎のおたかちゃん

長崎市に初めておもむいたのは、三十七年前の三月である。「戦艦武蔵」という小説を書くための調査旅行で、三菱重工長崎造船所に行って連日、武蔵建造時の話を技師たちから取材した。

旅の魅力は、夜、訪れた地の小料理屋に入って酒を飲むことである。その折も飲食店の多い思案橋を歩き、一軒の小料理屋に入った。未知の地で飲む店を選ぶのは客層をたしかめることで、細目に開けたガラス戸からのぞくと、おでん鍋《なべ》をかこむカウンターには中年の男たちが大人しく酒を飲んでいた。値段が安く、懐《ふところ》の乏しい私には好都合で、長崎に滞在中、毎晩その店に通った。

おでん鍋のかたわらには中年の女性が立っていて、自然と会話を交した。私が東京から来たことを口にすると、彼女は、

「東京タワーがあって、いいわね」

と、言った。私はタワーを見ることはあっても登ったことはなく、黙っていた。

彼女は、私が造船所へ行っていることから、造船所出入りの業者と思ったらしく、その後、私を専務さんと呼ぶようになった。ノーネクタイの私の服装から察して、小企業の専務程度と考えたらしい。

ある時、店に入ってゆくと彼女は、

「作家さんじゃないの」

と、甲高い声で言った。テレビに出ている私を見たという。作家さんと言われたのは初めてで、その時から私は先生と呼ばれるようになった。

彼女は、おたかちゃんと客に呼ばれていて、その後、歴史小説の史料収集などでしばしば長崎を訪れる度に店に行く。

妻を連れて行った時のことが思い出される。妻は長崎が初めてで、私が図書館に行って史料あさりをしている間、観光をして歩いていた。

妻と店に入ってゆくと、おたかちゃんは、珍しく石にでも化したように黙っている。いつも一人でくる私が、愛人でも連れてきたと思っているらしい。

「女房だよ。ぼくの奥さん」

私が言うと、おたかちゃんはうろたえたように顔をあからめ、いやだわ私、と言って笑った。

四年ほど前、店に行くと、おたかちゃんは、定年で店をやめると言う。

「長い間、ありがとうございました」

彼女は、きまじめな顔をして頭をさげた。

その後、年賀葉書が一度来ただけで消息は絶えている。長崎へ行く楽しみの一つが消えてしまった。

黒部に挑んだ男たち

昭和四十五年秋、建設の進められていた黒部第四ダム工事の現場に入った。

その頃、私は、ダム建設で水没する村落を素材にした小説の構想をいだいていた。村落は、人里はなれた切妻《きりづま》合掌づくりの家のある、古くから営まれた集落を想定し、それに合致した白川郷に行ってあちこちと歩いたりした。

ついで、ダム工事の現場を実際に見てみたいと思い、幸いにも妻の義兄である佐藤工業の技師小町谷武司が、黒部第四ダムのトンネル工事の越冬隊長として従事しているのを知り、かれを頼って工事現場に入ることにした。

夜行列車で北陸本線の魚津駅に降りると、義兄の小町谷がジープで迎えに来てくれていて、宇奈月《うなづき》温泉に行き、一泊した。

翌朝、私は、単独で宇奈月から黒部峡谷鉄道の軌道車に乗った。都会育ちの私には、黒部峡谷の険阻な景観は初めて眼にするもので、威圧される思いであった。猿の群れが、樹木から樹木に移動するのも見えた。

終点は、欅平《けやきだいら》であった。下車した私は、義兄が連絡してくれていたので、工事関係者のみが入れる広いトンネル内を歩いて進んだ。

やがて行き止まりまで来て、私は工事人たちとなにやら広い空間に入った。それは巨大なエレベーターで、はやい速度で上昇する。黒部第三ダムの隧道《ずいどう》工事の折につくられた、二百メートルにおよぶ竪坑《たてこう》であった。

登りつめた所でエレベーターを降りると、何輛《りょう》かつらなった軌道車が待っていて、私はそれに乗った。これより黒部第三ダムの隧道内を進む。

軌道車は意外にも木製で、あたかも大きな棺《ひつぎ》のように密閉され、ガラス窓がうがたれている。奇妙な軌道車だと思ったが、やがてその理由を知るようになった。しばらく進むと、妙な熱さが私の体を包みこみ、かたく閉ざされた扉のすき間から湯気が入りはじめてきた。小さなガラス窓から外を見ると、隧道内には白い湯気が充満している。

熱気が急速にたかまり、湯気の密度も増して、私はうろたえた。なにか隧道内に異常事態が発生しているのではないか、と思ったが、同乗している若い工事人たちは、熱さに堪えるように顔を伏しているだけで、その姿に、これがこの隧道の日常的な状態であるのを感じた。

しかし、さらにたかまる熱気に私は落ち着きを失い、苦しさの限界がきたと思った時、隧道内に明るみがさしてきて、熱気も湯気もうすらいだ。ようやく軌道の終点、仙人谷に軌道車がすべり出たのだ。

仙人谷は、黒部第四ダム建設の根拠地で、工事現場そのものの緊迫した騒然さにみちていた。

私は仮設された大きな飯場に入り、工事所長の稲垣氏に会い、挨拶《あいさつ》した。夕刻、義兄が宇奈月からやってきて、私はかれと同じ部屋で寝泊まりするようになった。飯場にいる労務者たちはみな礼儀正しく、このような態度が工事を秩序正しく進める要因になっているのだ、と思った。

二日後の夜、私は部屋に入ってきた稲垣氏と義兄の向かい合って坐《すわ》る情景に、身のひきしまるのを感じた。その日、義兄と親しい技師が後方から走ってくるトロッコと停まっていたトロッコの間にはさまれ、即死したので、義兄は涙ぐんでいた。

所長も眼に涙をうかべていたが、肩を落としている義兄を叱責《しっせき》し始めた。技師の死はまことに残念だが、いつまでもめそめそしていては工事が進まず、部下にも悪影響をおよぼす。死を乗り越えて工事に積極的に取り組むのが工事人なのだ、と強い言葉を浴びせかけている。

私は、大自然を前にして、ダムをつくる工事者のきびしい姿を見たように思った。

翌日、私は貫通を急いでいた大町トンネルの工事現場に入った。巨大なドリルジャンボの穿孔《せんこう》、大きな岩石をすくいあげるロッカーショベルの動きに呆然《ぼうぜん》とした。それらの機械を操って岩壁をうがってゆく技師や労務者たちは、あきらかに私とは異質の世界にすむ人間であった。なぜかわからぬが、私は何度もただ一人、切端《きりは》や側壁に押しつけられた。その折の身動きできなかった自分に、私は、かれらとは異なるはかない自分を見せつけられたような無力感を味わった。

その折の経験と白川郷を視覚にきざみつけたことによって、私は二百二十枚の「水の葬列」という小説を書き上げた。

仙人谷の飯場で起居している時、私は仙人谷にくるまでに味わった、異様な隧道内の熱気と湯気について稲垣氏に質問した。

氏は、それが黒部川第三発電所建設の折の工事史上類のない難工事のトンネルで、高熱隧道と称されている、と言った。温泉地帯を貫く工事で、掘進するうちに最高温度一六六度まで達し、多くの人命をのみ込んだ。さらに宿舎が泡雪崩《ほうなだれ》に圧潰《あっかい》、飛散し、計二百三十三名の犠牲者が出たという。その雪崩は通常のものとは異なった音速の三倍ものすさまじい風を発生させ、鉄筋コンクリートづくりの宿舎を、あたかも鋭い斧《おの》で切断したように峡谷を越えて対岸の壁に激突させたのだという。

私は、「水の葬列」を書き終えた後、高熱隧道工事に関与した人たちの証言をきいてまわり、小説「高熱隧道」を書き上げた。それは黒部峡谷の大自然のすさまじさを描いたものでもあった。

八年前、関西電力のご好意で高熱隧道を再訪した。

熱気と湯気がまだ残されていて、トンネルの内壁には湯の花が分厚くはりつき、この世のものとは思えなかった。多くの人命をのみ込んだ熱気と湯気にみちた、そのトンネルが、私には地獄さながらに思えた。

静まり返ったトンネルに、死者の声が一斉にきこえているようであった。

初老の男の顔

新潟県の越後《えちご》湯沢に、仕事場にしているマンションの一室があり、妻とともに一ヵ月半に一度の割で出掛けてゆく。

東京駅から上越新幹線に乗るが、昼食時にかかるので、駅構内にあるデパートの地下売場で弁当を買う。

半月ほど前、弁当を物色している時、弁当を買っている二人の男の一人を見た。テレビで観《み》る印象とはちがってラフな服装をし、くつろいだ表情をしているが、歌謡曲の「シクラメンのかほり」を澄んだ声でうたう歌手であった。

私は、傍らに立つ妻を静かに小突き、無言で歌手であることを教えた。妻は、私の視線の先を見たが、すぐにはわからず、連れの男と少し笑いながらはなれてゆくかれを見つめ、ようやく歌手であることに気づいた。

「あなたって、本当におかしな人ね」

と、妻は言った。

この言葉を、これまで何度きいたことか。テレビや写真にうつし出された人に私は気づき、その度に妻に教える。妻はほとんど気づかず、それが「おかしな人」という表現になっている。

妻だけではなく、連れ立って旅をしたりする編集者などにも、かれが気づかぬのに私が気づく。全く思いもかけぬ家並の間から出てきた普段着姿の人が、天気予報の番組のアナウンサーだったりして、驚いたこともある。

だれでもそうであるのだろうと思っていたが、この頃はなんとなく私のような人間は余り多くはないらしい、と思うようになった。これは東京で生まれ育った少年時代からのことでもあるようで、その頃は映画のスクリーンでみる俳優を外出時によく見かけた。

当時、悦ちゃんと言われて人気のあった子役の少女が、母親とおぼしき和服の小柄な婦人と歩いてくるのを見たこともある。悦ちゃんは赤いベレー帽をかぶり、スクリーンそのままの愛くるしい眼をしていた。

中学校に通っていた頃、山手線の車内で立っている岸井明さんを見、それから間もなく原節子さんも見た。原さんはスクリーンで見るよりふっくらとしていて色白で、頰がほのかに桃色をおび、本当に美しい人だと思った。片手は吊《つ》り革、一方の手では本をひらき、こげ茶の温かそうなセーターを着ていた。乗客は気づいていないのか、それとも無遠慮に視線をむけることはしなかったのか、だれも原さんを見ている人はいなかった。

顔のよく知られている人にかぎらず、一般の人でも事情は同じである。銀行でキャッシュカードで現金をおろそうとして並んでいる婦人が、数日前、電車のむかい側の席に坐っていた人であることに気づいたりする。外を歩くと、顔に見おぼえのある人と何度も往《ゆ》き交う。

妻は、私の眼が特殊な構造をしているのだ、と、幾分さげすんだ口調で驚いたように言い、私もそうなのかも知れない、と思う。

忘れられない顔がある。

髪は白く細面で痩身《そうしん》。服もネクタイも黒、つまり喪服で、六十年輩の男である。

かれを初めて眼にしたのは、母校である大学の教授の葬儀がおこなわれた家の前で、なぜかれを記憶にとどめたのか定かではないが、生垣を背に他の焼香客と並んで数珠《じゅず》を手にし、動き出した霊柩車《れいきゅうしゃ》に合掌していた。その姿が、いかにも教授の死を悼《いた》む殊勝なものに見え、なにか教授と親しい大学の関係者なのか、と思った。

それから二年ほどした頃、私の家でパートとして家事手伝いをしてくれていた女性の母が病死し、私は喪服を身につけてその葬儀に行った。

狭い庭に面した部屋に祭壇がもうけられ、私は遺影に頭をさげ、焼香した。

家の前の道には、会葬者がまばらに立っていたが、その中に私は、思いがけずかれを見た。同じ喪服をつけ、数珠を手にしている。

呆気《あっけ》にとられてかれを見つめたが、かれは二度私を見たとは知らぬらしく、眼をむけてくることもない。路上にいることでもあきらかなように、病死した老女の親戚《しんせき》ではない。

教授と老女のそれぞれの葬儀に出向いてきている初老の男。その二つの葬儀になんの接点もないように思えるのに、かれの姿を見たことが不思議であった。

世には、葬儀に好んで出掛けてゆく人間がいるときくが、かれはその類《たぐ》いの人物なのか。かれが私をはっきり意識しているならば、全く脈絡もない二つの葬儀に出掛けてきている私をどのように思うだろう。葬儀に好んで出掛けてくる人間に思えるかも知れず、私は、不謹慎にもかすかに頬をゆるめた。

歴史に埋もれた種痘術《しゅとう》

広島県の瀬戸内海ぞいに呉市に合併した川尻《かわじり》という町があるが、江戸時代には安芸《あき》国川尻浦と言い、そこで生まれた久蔵は、歴史上完全に埋もれている人物である。

久蔵は、文化七年（一八一〇）、水主《かこ》として「観亀丸《かんき》」という廻船に乗り、灘《なだ》の新酒を江戸に運ぶ途中、紀州沖で大暴風雨に遭って破船漂流し、カムチャツカ半島に漂着。沖船頭平助ら九人が凍死し、久蔵は六人の仲間とともにオホーツクに送られた。

そこで五郎治という元エトロフ島番人小頭と会う。五郎治は、文化四年エトロフ島に来襲したロシア艦に左兵衛という稼方とともに拉致《らち》され、左兵衛はロシア領で死亡、かれ一人がオホーツクにとどまっていた。

その後、国後島《くなしりとう》の泊《とまり》に測量のため来航したディアナ号艦長海軍少佐ゴロブニンが、日本側に捕らえられ、それを放還することを日本側がしめしたため日露関係が安定し、五郎治と、「観亀丸」の水主たちが日本に送り返されることになった。

その折に五郎治は種痘術を習得し、帰国後、日本で初めて種痘を実施している。これに興味をいだいた私は、五郎治の事蹟《じせき》をしらべて「北天の星」という小説を書いた。

五郎治は、漂流のいきさつ、ロシア領で過ごしたことを奉行所で陳述しているが、その中で、オホーツクで会った久蔵のことにもふれている。久蔵は凍傷におかされて右足の指二本と左足指すべてを手術で切断されたので、久蔵のみが船に乗ることを阻止された。

オホーツクにただ一人残された久蔵は、五郎治同様に種痘術をおぼえ、翌年、ロシア艦に乗せられて日本にもどる。

一般的には、嘉永《かえい》二年（一八四九）、オランダ医師モーニッケによって長崎に痘苗《とうびょう》がつき、それによって日本で最初の種痘がおこなわれたとされている。しかし、それより以前に五郎治が、蝦夷《えぞ》（北海道）の限られた地域で種痘をこころみ、それは医学史に辛うじて記載されているが、久蔵の名は見られない。

久蔵がロシアの医師から種痘を習いおぼえたのはまちがいなく、私は、それをたしかめるため二十年前、久蔵の生地の広島県豊田郡川尻町におもむいた。

むろん久蔵の名を知る人はなく、私はその痕跡《こんせき》をさぐり、同町出身の石川直道氏が所蔵している「魯斉亜《ろしあ》国漂流聞書」の存在を知った。それは帰郷した久蔵が、漂流の経過、ロシアでの生活を村役人に陳述した文書であった。

その中に、注目すべき記述があった。

「一、ビイドロ五枚　ヲロシャ産　但《ただ》し此《この》ビイドロの内に疱瘡《ほうそう》（天然痘）之《の》種入置御《ご》座候《ざそうろう》」

久蔵は、五個の平たいガラス器に痘苗をおさめて持ち帰っていた。それに付記して、種痘方法と天然痘予防に効果絶大であることが記されている。

当時の著名な広島の医家三宅春齢の書き残した「牛痘経験・補憾録」を眼にし、私は悲痛な思いになった。

久蔵は、種痘について藩の者に説明したが一笑に付され、痘苗も没収され廃棄されている。長崎に種痘が導入される三十五年も前のことで、それが実行に移されていれば、久蔵の名は医学史上の輝かしい功績者となったはずである。久蔵は、長崎に種痘が導入されてから四年後に貧窮の中で死亡している。

久蔵は、少年時代から寺で修行したため読み書きに長じ、ロシア滞在中の観察も鋭く、教養人であることが知れる。

このように歴史上完全に埋もれた人物だが、最近、生地の川尻町で一つの動きがみられている。

小学校のPTAの婦人たちが、久蔵を主人公にした私の小説「花渡る海」を読んで、郷土でも知られることのない久蔵をせめて小、中学生にも知ってもらおうとして絵本をつくった。文章も絵もよく、それらが小、中学生に贈られている。

久蔵は、初めて郷里でよみがえったのである。このような市井《しせい》の婦人たちの行為が、日本の歴史をより豊かなものにしてゆく。「花渡る海」を書いた私としても、書いた甲斐《かい》があったと思っている。

川尻町で眼にした久蔵の小さな墓が、あらためて思い起こされる。

獄舎で思い描いた女人像

忘れがたい絵があり、折にふれてその絵のことが想《おも》い起される。

昭和五十二年に文芸誌「文芸展望」に「赤い人」と題する小説を書いたことがある。それは、明治十四年に北海道の石狩川上流に設置された樺戸《かばと》集治監のことを書いたもので、北海道開拓が、そこに収容されていた千六百名の囚人によって成されたことを知り、執筆の意欲をいだいたのである。

その地は初代典獄、月形潔の姓をとって月形村(現在は町)と名づけられ、刑務所設置を忌避する世の風潮の中で、町民は刑務所誘致の意識が強く、現在でも月形学園(初等少年院)と刑務所が設けられている。

その小説を発表後、月形町に何度かおもむいたが、集治監の史実に詳しい熊谷正吉氏に北漸寺という寺に案内され、そこでその絵を見たのである。寺は、伊勢《いせ》松阪出身の奥田という囚人を棟梁《とうりよう》に、囚人のみによってつくられた立派な建築で、欄間をはじめ至る所に精巧な彫刻がみられる。

住職が、奥から軸物を出してきてひろげた。仏画であったが、それが私の忘れがたい絵であった。

観音像であったが、私はその絵の異様な雰囲気に食い入るように見つめた。華奢《きやしゃ》な体が紗《しゃ》のような薄い布につつまれ、雪のように白い肌がすけ、形の良い豊かな乳房もみえる。観音でありながら容貌《ようぼう》は現代的で、性的な魅力にあふれている。

熊谷氏の説明によると、作者は平安時代の大盗賊熊坂長範に名前が似ている熊坂長庵という囚人で、紙幣を偽造したかどで捕らわれ服役していた無期徒刑囚であった。かれは、明治十九年に四十二歳で獄死しているが、その間に観音像をえがいて北漸寺の仮院に寄贈し、後に本院が成って本堂にかかげられるようになったという。

私は帰京後、当時の新聞をしらべてみると、世間を騒がせた偽造事件として記事になっていた。

二円の偽造紙幣が出廻っているのに気づいた大蔵省が、警視庁に捜査を依頼した。二円は上等米一俵の小売値に相当していた。

紙幣は手描きで、徹底した捜査にもかかわらず手がかりはつかめず、むなしく二年が過ぎた。

警視庁では、偽造紙幣が遊里で発見される率が高いことから、その方面に捜索の焦点をしぼり、一人の男が浮かび上がった。かれは無名の絵描きで、収入が乏しいのに遊里で派手な遊びをしている。

明治十五年春、捜査員は、かれが神田の待合にいることを探知し、深夜、ふみ込んでとらえた。かれは、芸者と同衾《どうきん》中であった。

家宅捜索の結果、天井裏等から偽造紙幣、それに使った洋紙、画具が発見され、かれは犯行を自供した。判決は、その年の十二月八日に無期徒刑が言い渡され、かれは樺戸集治監に送られて収監された。

獄舎生活の中で、かれは模範囚として苛《か》酷《こく》な労働も免除され、特に絵筆を持つことが許されて罪を悔いる意味から観音像をえがき、北漸寺に寄進したのである。

観音像というよりは、性的な魅力にみちた女人像であった。それは、長庵が思い描く女性の理想像にちがいなく、獄房の中でその思いはいやが上にもつのり、妖《よう》しい美しさに昇華したのだろう。

偽造紙幣の精巧さに、世の人々はその才能を生かせば高名な画家になっただろう、と惜しむ声もあったというが、かれは囚徒となって死を間近にひかえ、世にも不思議な絵を一つ残したのだ。それは、長庵が才能豊かな画家であることをしめしている。

絵には、正常ではない精神の翳《かげ》りといったものが無気味にただよっていた。

献呈したウイスキー

尾崎放哉《ほうさい》という俳人がいた。

海がまつ青な昼の床屋にはいる
　せきをしてもひとり
　どつさり春の終りの雪ふり

などという鋭い感性の自由律の俳句を数多くつくった人である。

東京帝国大学（現東京大学）法学部を卒業して保険会社に入ったりしたが、極度の酒癖の悪さがわざわいして追われ、妻も去り、放浪の身となって最後には小豆島《しょうどしま》の寺男となって死ぬ。

放哉と同じように肺結核の末期患者にもなったことのある私は、それらの俳句に心ゆすぶられ、残された日記類、書簡をもとにして放哉を主人公とした「海も暮れきる」という小説を書いた。二十三年前のことである。

この小説を橘高《きったか》さんというＮＨＫのディレクターが放送劇にし、さらにテレビ映画にもした。テレビで放哉を演じたのは、新劇俳優の橋爪功さん、他の出演者は私の小説の舞台になった小豆島の人たちであった。つまり玄人《くろうと》の役者さんは一人で、他はすべて素人《しろうと》という異色作であった。

これまでに私の小説を原作とした劇場映画やテレビ映画がいくつかつくられたが、当然のことながらその出来栄《できば》えに首をかしげるものもあった。そうした中でこのテレビ映画は出色で、大いに満足した。それは橋高さんの演出力と橋爪さんの絶妙な演技、それに素人であるが故《ゆえ》の自然な島の人々の動きによるものであった。

圧巻は、放哉の酒癖の悪さを橋爪さんが演じるシーンであった。相手に容赦なくからむねちねちとした科白《せりふ》を口にし、顔にはゆがんだ薄笑いがうかんでいる。肩をすくめる動き、冷やかな眼の光など演技を超越していて、その姿に、酒癖の悪さで会社を追われ、流浪《るろう》の身に落ちぶれた放哉の孤独な哀《かな》しみが見事に表現されていた。

そのテレビ映画は小豆島のぞくす四国地方で放映され、その質の良さから全国放映された。ただし正月の昼間に放映されたので、観《み》た人は限られていた。

放映後、打上げという意味で橋高さんに誘われ橋爪さんと酒食を共にすることになった。たしか私鉄の駅に近い中華料理店であった。

私は出掛けていったが、家を出る時から身がまえるような気持になっていた。酒乱である放哉を演じた橋爪さんの陰惨な姿が眼の前にちらつき、それは演技とは思えぬ地のものに感じられた。橋爪さんにそのような性癖があって、自然な形で放哉を演じたように思えてならなかった。

橋爪さんは、平常はおだやかな人柄で、常にかすかに笑みをたたえている。しかし、このような表情をした人こそ酒が入って、ある段階に至ると、急激に酒癖の悪い男に一変することを、過去の経験で知っていた。橋爪さんは、危い、と思った。

中華料理店につくと、橘高さんと橋爪さんが待っていて、すぐにビールで乾杯した。私は、ひそかに橋爪さんの気配をうかがっていた。橋爪さんは、運ばれてきた料理を口にし、ビールを飲んでいる。にこやかな笑みを顔にうかべて、それが癖の小刻みにうなずいたりしていて、やがてビールから紹興酒《しょうこうしゅ》に移った。

酒癖の悪い人には、時によって先制攻撃を仕掛けるのが効があるのを知っている私は、テレビ映画「海も暮れきる」の放哉が、島の人が演じる芸者や小料理屋の主人にからむ凄絶《せいぜつ》なシーンのことを持ち出した。

「あのからみには、息をのみましたよ」

私は、橋爪さんの顔を見つめながら言った。

「ありがとうございます」

橋爪さんが、頭をさげた。

このようなおだやかな応じ方が、危い。

私は、さらに言葉をつづけ、

「あれは、橋爪さん自身の地なんじゃないんですか。とても演技とは思えない」

と、勇気をこめて言った。

橋爪さんは、私に眼をむけると、

「いえいえ、私は、あのような酒の飲み方はいたしません」

と言って、視線を落し、少しの間口をつぐんでから、ある新劇の著名な男優のことを口にした。

その俳優の酒癖は極めつきのもので、からまれいびられた俳優などが泣き出してもやめない。

「肺腑《はいふ》をつらぬくって言いますかね、相手の弱みをぎりぎり錐《きり》でもみこむようなことを絶え間なく口にするのです」

橋爪さんは、歪《ゆが》んだ笑いを顔にうかべ、

「台本を読んで、放哉のからみがあの大俳優とよく似ているので、それを思い出しながら演技をしたのです」

と、言った。

私の緊張感はゆるんだ。その俳優の酒癖の悪さは私もきいたことがあり、橋爪さんの言葉を信用した。あの演技は地のものではなく、その俳優の模写であったのか、と思った。

橋爪さんの表情は終始変らず、私たちはなごやかに酒を飲み、快い気分で別れた。

橋爪さんは大俳優の酒癖を思い出しながら演技をしたというが、実は私も、放哉が酒で人にからむ折のことを書くのに、ある編集者のことを思い起していた。

酔ったかれが、バーや小料理屋でだれかれかまわずからむのを何度か眼にしていた。頭が急に冴《さ》えるらしく、驚くほど鋭い言葉を唇をゆがめながら口にし、その鋭さにかれ自身陶酔しているようにも見えた。顔には、冷やかな薄笑いがうかんでいた。

平穏な雰囲気で酒を飲むのを好む私は、そのような情景を見ているのに堪えられず、そうそうに席を立つのが常であった。

あるバーに入り、カウンターで一人飲んでいる時、かれが入ってきて私の横に坐《すわ》った。眼にかなりの酔いがうかんでいる。

私は、吉行淳之介《じゅんのすけ》氏と出版社主催のパーティを出てから新宿へタクシーで行った折のことを口にした。デパートの伊勢丹近くの交叉点《こうさてん》に来て、タクシーが信号待ちで停

止した。その時、並んで停っているタクシーに眼をむけた氏が、うろたえたように運転手さんに、

「その角を左へ曲って、曲って」

と、言った。

私は、すぐ横のタクシーにその編集者が乗っているのに気づき、氏が、まっすぐにタクシーが進めば顔を合わせる恐れがあると考え、左折をするよう指示したのを知った。タクシーは氏の言葉通り左へ曲った。

「あなたの酒癖の悪さに、皆さん、おびえているんですよ。いい気分で酒を飲んでいるのに、あなたが空気をぶちこわす。からむのはおやめになったらいかがです」

私は、なんとなく腹立たしくなっていた。

しかし、その直後、落着きを失い、気持が動揺した。こんなことを口にして、いったいどうなるか。

カウンターの中にいるバーの女店主の表情が急にこわばるのを私は見た。

その血の気のひいた顔に、私は急に恐怖をおぼえ、カウンターに視線を落していた。

ところが、私の横顔を見つめていたかれが、

「いや、いいことを仰言《おつしや》って下さった。これまで私にそんな忠告をしてくれた方は一

人もいませんでした。いや、ありがたい。心から感謝します」

と言って立つと、私に深々と頭をさげた。

私はかれを見上げ、

「大分お酒が入っておられるようですね。今夜はこのまま家にお帰りになったらいかがですか」

と、これも勇気をこめて言った。

「そうしましょう。今夜は帰ります」

かれは再び頭をさげると、そのままドアを押して外へ出て行った。

その直後のマダムのはしゃぎようは、不思議なほどだった。彼女は饒舌《じょうぜつ》にしゃべりはじめた。かれが店に入ってくると、必ずだれかにからみ、それを恐しいと思っていた。

ところが私はからまれるどころか、逆に忠告した。そのようなことをしたのは私が初めてで、立派です、見事ですと顔を紅潮させて私をほめたたえる。

私はいい気分になってマダムと談笑し、家へのタクシーに乗ってからも頰をゆるめつづけていた。

数日後、定期検査を受けている病院に行き、その帰途、かれの勤める出版社の前に出た時、私は足をとめた。はしゃいだマダムの顔が眼の前にうかび、忠告したのは私だけだという言葉がよみがえった。

恐怖感に近いものが胸にひろがった。あのようなたしなめ方をした私のことを後になって思い出したかれは、私に激しい怒りをおぼえ、次の機会に酒席で顔を合わせた時、どのようなことをしてくるかわからない。きくところによると、招待した流行作家の頭から瓶をかたむけてビールを注いだこともあるという。

それと同じようなことをされる恐れは十分にあると思った私は、不安になってかれの部下である私の担当編集者のNさんに、出版社前の公衆電話から電話をかけた。

電話口に出たNさんに、私がかれとバーで会ったことを口にすると、

「からまれたのですね」

と、Nさんはすぐに言った。

「いや、そうじゃない。私がかれをいい加減にしなさい、とたしなめたんですよ」

私は、落着かない気分で答えた。

「逆なんですか。驚きましたね、そんな話はきいたことがありません」

かれは、甲高い声で言った。

その言葉に、不安はさらにつのった。

なんとかしなければならぬと思い、電話をきると、ためらうことなく近くの酒屋に行ってダルマと俗称されるウイスキーを包んでもらった。その国産ウイスキーは、当時、高級品にぞくしていた。

それをかかえて出版社にもどり、受付でNさんを電話口に呼び出した。ウイスキーを買って来たので、それをかれに渡して欲しい、と言った。

「そんなことまでしなくてもいいじゃないですか。御本人、忘れていますよ」

Nさんは、笑っている。

「いや、一応そうしておかないとまずい。自分の身は自分で守らなければいけないからね」

私は、妙なことを口にして受話器を置いた。

少ししてNさんが出てきたが、思いがけずかれも一緒であった。

私は進み出ると、

「先夜は失礼しました」

と言って、ウイスキーの包みを渡した。

「なんでしょう。こんなものをいただいて……」

かれは柔和な眼をして、私がウイスキーを渡したことをいぶかしみながらも、恐縮しきった表情をしている。

「たまには御挨拶《あいさつ》をしなければいけませんので……」

と、またも妙なことを私は口にした。

Nさんは、終始おかしそうな笑顔をして二人の顔をながめている。私は頭をさげて出版社の外に出た。

その後、バーに行くと、マダムが、

「なんですか、ききましたよ。お詫《わ》びに行ったんですって。嬉《うれ》しかったのに、がっかりしましたよ」

と、うんざりしたように言った。

それから間もなく、かれは出版社を退職し、再び会うことはなかった。

私は、放哉の酒癖の悪さをその人を思いうかべながら書いた。放哉の日記に、酔ってねちねちと相手にからむ言葉が記されているが、それはその人の口から出る言葉そっくりで、からむことが得もいわれぬ快感らしい。

橋爪さんは、高名な男優を思って演技をし、私はその人のからみをたどりながら書いた。手頃な酒癖の悪い人が身近にいたことが幸いした、というべきか。

この私のエッセイが、その人の眼にふれたらどうなるか。それは身の毛のよだつような恐しいことになるが、その心配はない。人づてにその人がこの世を去っていることをきいているからだ。

また、橋爪さんが私に打明けた高名な俳優もすでに亡《な》くなられて久しい。そうしたことから、このエッセイをためらうことなく書いたのだ。

幸いにも、現在、私の身近かには酒癖の悪い人は一人もいない。私は、それらの人たちと談笑しながら酒を楽しむ。

おだやかな日々が、過ぎてゆく。

赤いタオルの鉢巻

二十年前の六月下旬、羽田から松竹映画宣伝部の部員と全日空便で函館空港についた。旅の目的地は、下北半島最北端の大間町で、陸路を行くより函館港から津軽海峡をフェリーで渡った方が早いのである。

私たちは港へ行き、フェリーに乗った。

それより十年前、三沢空港まで空路を行き、そこから列車で北上して初めて大間町に行った。途中、むつ市の宿屋に泊って郷土史家と酒を共にしたが、いかにも東北地方らしい話をきいた。

大湊《おおみなと》の手前に下北という名の駅があるが、地方巡業の大相撲の一行がその駅で下車した。

列車が停ると、駅員が、

「下北、下北」

と、駅名を告げたが、東北弁で、

「スモーギタ、スモーギタ」

と、言った。

一行は、相撲来た、と町をあげて自分たちを歓迎してくれているのだ、と喜んだという。

私が大間町にむかったのは、その町が本マグロの一本釣りをする漁師町だということを耳にしたからであった。その頃、動物の生態に興味をいだき、いわゆる動物小説を書いていた。

心臓移植の小説を書くため南アフリカの最南端にあるケープタウンに旅をしたことがある。ケープタウンにある病院で世界で最初に移植手術がおこなわれ、その調査の旅であった。

ケープタウンは、マグロ漁の日本漁船の基地にもなっていて、捕えたマグロを母船で冷凍にして日本に運ぶ。それが一般に市場に出まわるマグロだが、日本でも津軽海峡に潮流に乗って回遊《かいゆう》してくるマグロをとらえる。

その数はきわめて少いが、当然のことながら冷凍マグロより格段に珍重され、高値で取引きされる。大間町は、そのマグロの水揚げされる町なのだ。

漁法は、烏賊《いか》やサンマなどを餌《えさ》に強靭《きょうじん》な釣糸で釣りあげる。三百キロ以上もあるマグロもいて、それを釣り上げるのはまさにマグロとの凄絶《せいぜつ》な格闘で、その話に魅せられて大間の町に行ったのである。

ちょうど漁期からはずれていて、私は名人と言われる漁師の家に行って話をきいた。マグロが釣針にかかって、糸がすさまじい力でひかれる折の情景。笊《ざる》に入れられた糸が飛ぶように引かれる折には、熱をおびぬように糸に海水をかけているので、水の飛沫《しぶき》に虹《にじ》がかかるという。

長時間の闘いの後、マグロをようやく船べりに引寄せ、固着させて港に引いてゆく。

名人の話に、私は興奮した。

帰京した私は筆をとり、「魚影の群れ」と題する中篇小説を書き上げ、「小説新潮」

に発表した。

数年後、松竹から映画化の申出があった。マグロとりの漁師は緒形拳《けん》さんで、緒形さんからも電話があった。その話しぶりから、緒形さんがその役柄に打ち込んでいるのが察しられた。

やがて、大間町での現地ロケがはじまったことがつたえられ、緒形さんが初老の漁師を演じて漁船に乗っているが、マグロがかからず、撮影は大いに難航しているという。

しばらくして、ようやくマグロがかかって引上げられ、撮影も終るという連絡が入った。

作品の制作発表会が現地であるので、原作者として出席して欲しいという申出があり、喜んで出席すると答え、函館空港につき、フェリーに乗ったのだ。

発表会は町の公民館でおこなわれ、初めて緒形さんと会った。新国劇の舞台や映画で見たことはあるが、男の体臭がむんむんする人だな、と思った。それは緒形さんが撮影時そのままの漁師の姿をし、赤いタオルの鉢巻をしていたからでもあった。

驚いたことに話す言葉が、大間町の漁師のそれと寸分ちがわず、漁師と向き合っているような錯覚にさえとらわれた。

多くの新聞記者が来ていたが、その一人からこんな話をきいた。

夜、記者が町の中を鮨屋《すしや》をもとめて歩きまわっている時、鉢巻をした漁師が歩いてきて鮨屋の所在をきくと、ぶっきら棒に教えてくれた。

「それが緒形さんだったんですよ」

記者は、呆《あき》れたように私に言った。

マグロ漁の船にベテランの漁師が乗っていたが、釣針にかかったマグロを船べりに引寄せるのは、熟達した漁師でも容易なことではない。

「それを緒形さんが、私の手も借りずに一人でやりましてね。驚きましたよ。役者なんかやらせておくのは勿体《もったい》ない。そのまま漁師がつとまる」

漁師は、真顔で私に言った。

主人公を演じる緒形さんの娘を、夏目雅子《まさこ》さんが演じていて、挨拶された。

ガラス細工のような、透明な感じの女性で、少年時代しばしば眼にしたトウシミを連想した。糸トンボとも言われる体も尾も細い繊細なトンボで、体液も透き通っている。夏目さんは目鼻立ちの美しい、明るい声の女性であった。

それから間もなく、彼女が白血病で亡くなったことを知った。白血病についての知識はないが、病名の白という文字が私の眼に焼きつき、夏目さんらしい死だと思った。

葬式の名人

ある年長の高名な作家の御父君の葬儀に、参列したことがある。なぜ出掛けていったのか。その作家は、長年芥川賞の選考委員をしていて、当時は辞任していたが、落選した私の候補にえらばれた作品に好意的な選評をして下さり、「一度遊びにいらっしゃい」と言われたこともある。出向くことはしなかったものの、御父君の死が新聞に報じられたので、行く気になったのだ。

葬儀は、お邸《やしき》と呼ぶにふさわしい作家の自宅で営まれ、焼香を終えた私は、門の内部にもうけられたテント張りの受付の近くに立っていた。受付の傍《かたわ》らに、出版社であるK社のE氏とB社のH氏が、門を入ってくる会葬者に視線を走らせながら、低い声で話し合っていた。

E氏とH氏は、文壇双璧《そうへき》の葬式の名人で、会葬者の人数について言葉を交している。それは、焼香を終えた人に渡す会葬御礼の印刷物の数と関係があり、両氏の予測が完全に一致しているらしく、かすかに頰をゆるめていた。

不意に、両氏の表情に特異な動きがみられた。それは、ひそかに予期したものが現実となってあらわれたという、少し笑いをふくんだものであった。

「来た、来た。来たよ」

二人は、ひそかにささやき合っている。H氏の口から、香奠婆《こうでんばあ》さんという低い声がきこえた。

両氏の視線の先に、白髪を束髪にした上品な喪服を着ている小柄な老女の姿があった。老女は、つつましく受付台のむこうに並ぶ若い編集者たちに挨拶し、その中に立った。喪主である高名な作家の親族らしく、編集者にねぎらいの言葉をかけているようだった。

両氏が言葉を交し、老女が横をむいた時、受付係の編集者をあわただしく手招ぎした。

編集者がいぶかしそうな顔をし、テントから出てきて、両氏の前に立った。

「あんたもきいているだろう、あれが香奠婆さんだ。受付は私たちがしますからと言って、婆さんを控室に連れて行き、お茶など出して……。葬儀が終りに近づいたら土産でも持たせて門の外まで送り出せ。あくまでいんぎんにだよ」

両氏の言葉に、編集者は驚きの色をみせ、テントの中に引返すと、老女に話しかけ、ためらう老女を連れて控室の方へ歩いていった。

「なんです？　香奠婆さんとは」

私は、たずねた。

E氏が、頬をゆるめながら説明した。

文壇関係者の死が新聞に報じられると、老女は必ずと言っていいほど葬儀に姿を現わす。老女は受付係の間に入り、御苦労様ですと挨拶するので、死者の縁戚《えんせき》の女だと思う。

葬儀後に調べてみると、必ず香奠のいくつかが失われ、現場を見た者はいないので、つかまえるわけにもいかない。いつしか編集者の間でそれが評判となり、彼女が現われると、葬儀の華と思う節さえあるという。

いかにも文壇らしい悠長な話で、しばらくその場に立っていると、葬儀も終りに近づいた頃、控室に老女を案内した編集者が、土産品の風呂敷《ふろしき》包みを手にした老女を門の外に送り出し、頭をさげるのを眼にした。

「名物の香奠婆さんも来たし、これですべてが終ったな」

E氏とH氏は、満足そうに言った。

E氏は、キングレコードのディレクターをしている私の従兄《いとこ》の友人で、そうしたことからも私と個人的に親しい間柄だった。

銀座には、作家、評論家、編集者が集まる、いわゆる文壇バーがあって、私も編集者に誘われて何度か足をむけた。E氏がいることが多く、氏は私が行くと隣りの席に坐《すわ》る。いつもかなり酔っていた。

どのようにして会葬者の数を予測するのか、とたずねると、氏は、

「年賀葉書よ」

と、即座に言った。

年賀葉書は、たとえばその作家の私的な交際範囲も知ることができ、その他もろもろの条件を勘案し、会葬者の数を予測するという。

「まず、はずれることはないね」

氏は、自信にみちた表情で言った。

バーで会った時、突然、E氏が、

「あなたの家を、一度見に行くよ」

と、言った。

意味をつかみかねた私に、

「葬式を自宅でするなら、見ておく必要があるからさ」

と、真剣な眼をした。

E氏が私の葬儀を取りしきってくれることはありがたいので、私は問われるままに家の構造、道路のことなどを話した。

氏はメモに略図を書き、ここに祭壇、会葬者はここから入ってこの通用門から去る、などとつぶやき、

「葬式は流れだからね。この家ならまずうまくゆくよ」

氏はしきりにうなずき、ウイスキーの水割りを飲んだ。

弟が肺癌《はいがん》にかかって死がせまった時、弟の家の構造に不安をおぼえた私は、K社にE氏を訪れた。弟の死は確定していて、葬儀をとどこおりなく終えるには、今から準備をしておく必要があると考えたのだ。

応接室に案内された私は、E氏に弟の家の構造について話した。階下は車庫になっていて、二階が住居になっている。二階への階段の広さと傾斜を告げると、

「それは無理。柩《ひつぎ》をあげられない」

E氏は、斎場で葬儀を営むべきだ、と言った。

さらに氏は、親しい葬儀社の名を口にし、弟の家の近くにある支社に一切まかせるべきだ、と言った。

私は、氏の言葉に従って葬儀社におもむき、打合わせをした。やがて弟は死に、葬儀社の手配してくれた弟の町の斎場で葬儀を営み、すべてが円滑に運んだ。

私は、再びK社に行ってE氏に会い、御礼を言った。

しばらくして、E氏が不治の病いにおかされ、慈恵医大附属病院に入院したことを知った。

私は、病院に行き、病室の外まで行ったが、引き返した。元気そのものであったE氏が、病み衰えて身を横たえている姿を見るにしのびなく、眼にするのは失礼だと思ったのである。

やがて、氏は死亡し、私は葬儀に出向いていった。祭壇におかれた遺影は、少しアルコールをふくんでいるのか、眼が輝やき、笑みをうかべていた。

私は、弟の葬儀にお世話になった礼を胸の中でつぶやき、焼香した。

受付の近くには、E氏とともに葬式の名人と言われていたH氏が、うつろな眼をして立っていた。

私は、氏にも無言で頭をさげ、葬儀場の外に出た。

iv 旅に遊ぶ

朝のうどん

昨年の初冬、愛媛県下の伊予《いよ》史談会会長の武智利博氏から講演依頼のお手紙をいただいた。氏は、「敵討《かたきうち》」という私が書いた歴史小説の資料収集でお世話になった方であったので、喜んでうかがいます、と返事を書いた。

講演会は六月中旬で、一ヵ月ほどにせまった頃、氏が上京して拙宅においでになった。私はあらためて資料を提供して下さった礼を述べ、講演会の打合せに入った。

その時、私は、思いちがいをしていたことに気づいた。依頼状を注意深く読まなかったせいだが、講演会は来年の六月中旬であったのである。

私は、武智氏のお手紙をいただいてからその講演の旅で私なりの手筈《てはず》を考えていた。松山空港まで空路をたどるが、天候の状況等で欠航することもないとは言えぬので前日に空港に降り立つ。そこから講演会のもよおされる地に程近い宇和島市に行き、一泊して講演会場に早目におもむく。そうしたことを考えていたが、それが一年後であることを知ったのである。

それはそれとして、歴史小説の実地踏査などで宇和島市には、五十回以上は足をむけている。新鮮な魚に恵まれた人情豊かな町で、夜はなじみの小料理屋やバーに行って酒を楽しむ。

そして、朝――。

常宿のホテルには申訳ないが、これまで朝の食事をとったことがない。ホテルを出てすがすがしい朝の空気にふれながら、町なかを流れる小川ぞいの道に行く。そこにはうまいうどんを食べさせてくれる店がある。

その店のことを教えてくれたのは、地元の画家である三輪田氏である。早朝から営業をはじめ、八時すぎにはうどんが売り切れて店を閉める。客は地元の人だけで、勤めに出る人や市場に魚介類を仕入れに行く人などがそこで朝食をとる。いわば朝だけ営業するうどん屋なのである。

そのうどんの味に魅せられて、その後、私は一人で、または同行の人を誘って店に足をむける。

それからが問題なのである。店が常連客だけを相手にしているので、うどん屋であることをしめす看板はもとより貼《は》り紙もない。川ぞいの道の片側には、ほとんど同じ造りの人家が並んでいて、どの家がうどん屋なのか全くわからない。

ここらあたりではなかったかと、およその見当をつけて足をとめ、並んだ人家に眼をむける。一軒の家から若い女性が出てきて、こちらに歩いてくる。私の知るかぎり、うどん屋の客は男にかぎられていて、その家ではない。

前方の家の入口から一人の男が路上に出てきて、川ぞいの道をゆっくりと歩いてゆく。私は、その家に注目する。少しすると、川にかかった橋を渡って歩いてきた男が、その家に入っていった。

まちがいない、あの家だ、と確信をいだいて私は歩き出し、その家の前に立ってガラス戸をあける。内部には多くの人がいて、うどんの汁の匂《にお》いが漂っている。髪を手拭《てぬぐい》でつつんだ四十年輩の女性が、私に顔をむけ、

「お久しぶりですね」

と、はずんだ声で言う。

私は、自然に笑顔になって、

「また来ましたよ」

と、答える。

土間にテーブルが二つあって、私はその一つのあいた丸椅子《まるいす》に腰をおろす。左側はカウンターになっていて、そこにうどんの丼《どんぶり》を置いて箸《はし》を動かしている人もいる。カウンターの内側は調理場で、客が自分でうどんを金笊《かねざる》に入れて熱湯にひたし、それを丼に入れて熱い汁をそそいでいる。具は、ジャコ天と称するジャコ（小魚）のすり身の揚げたものを薄切りにした数片と刻んだワケギで、客は勝手に好んだ量をのせてカウンターで食べている。客の中には、調理場にある鍋《なべ》にうどんと汁を入れて、ガス台にかけて煮ている人もいる。

女性は店の娘さんで、以前は老いた母親と店に出ていたが、いつの間にか娘さんだけになっている。私は客としては素人《しろうと》なので、娘さんがうどんを丼に入れて運んでくれる。

うどんには程よい腰があって、汁が絶妙にうまい。

箸を動かしている私の背後にある曳《ひ》き出しを、手をのばしてあける客がいた。その曳き出しの中には揚げ玉が入っていて、かれはスプーンでそれをすくい、自分の丼の中に入れている。かれは自分用としてそこに揚げ玉をおいてあるのか、かれ一人の動きなのでそうとしか思えない。

客の出入りはひんぱんで、背広姿の男も多く、いかにも商店主らしい人もいる。□

をきく人はなく、ひたすらうどんをすすっている。

二十年ほど前、初めてこの店に入った時、一人前百五十円という安さであったので、その値段をおぼえている。その後、少しずつ値上りし、一昨年うどんを食べた時は、たしか四百円でお釣りが来た。

うどんを食べ終え、十分に満足した私は席を立って丼をカウンターに置き、

「また来るね」

と、娘さんに声をかけて外に出る。

十年ほど前になるだろうか、私の泊っているホテルに娘さんが、その頃まだ店に出ていた母親とたずねてきた。

私が小説家だということを画家の三輪田氏からでもきいたのか、風呂敷《ふろしき》から色紙を出して、なにか書いて下さい、と言った。

私は、色紙を、と言われても辞退することにしている。理由は簡単で、拙《つたな》い字の書かれた色紙が壁にかけられたりして、人の眼にさらされるかと思うと身がすくむ。

しかし、その時は、少し気持が動いた。出された色紙が小型で、わざわざ来てくれた母娘《おやこ》の頼みを無下にことわることもできない気持になっていた。

それに、人の眼にさらされるといっても、店にやってくる客は地元の人ばかりで観

光客の姿などなく、人数もごく限られている。朝、あわただしくうどんを食べる客たちは、たとえ私の小色紙が壁にかけられていても眼をむけることはないだろう。

私は、その店が好きであり、店を守る母娘のために書いてもいいではないか、と思い、ホテルのフロントで借りた筆ペンを手にした。

文字は考えるまでもなく、

朝の　うどん

で、書いて署名した。

母と娘は丁重に礼を言って、それを風呂敷に包んで帰っていった。

その後、行ってみると、色紙は店の壁の上方にかかげられていて、私は店に入る時一瞥《いちべつ》する。だれもそれに眼をむける客はいないので、心が安まる。行くたびに色紙は少しずつ古び、壁の色と同調しはじめていて、「朝の　うどん」という文字もいつの間にか店の古びた内装にとけこんでいる。

宇和島市に行くと、夜は酒を楽しみ、朝はこの店に足をむける。川ぞいの道で足をとめ、しばしの間観察してあれだと思う家のガラス戸をあける。その折のほのぼのとした緊張感はこたえられない。

今年は行けぬのが残念だが、楽しみごとは先にのばした方がいい、と言う。来年六月中旬にその店に行くのを、今から楽しみにしている。

一人で歩く

四十五歳の折に、「深海の使者」という戦史小説を書いたことがある。

戦時中、同盟国であったドイツと連絡をとる必要があったが、制海・制空権は連合国側が支配していたので潜水艦を使用していた。その史実を知るため、関与した人たちにつぎからつぎに会って証言を得、その間にいただいた名刺が百七十二枚あった。

それは総合誌「文藝春秋」に連載されたが、小説が終りに近づいた頃、文藝春秋の親しい編集者の中井勝氏から、

「たまには取材に担当編集者を連れて行ってやって下さいよ。どのように取材をするのか、編集者の勉強にもなるのですから……」

と、言われた。

思いがけぬ言葉であった。私は、それまで「戦艦武蔵《むさし》」「高熱隧道《ずいどう》」をはじめいくつかの長篇と短篇を書いてきたが、調査は自分一人でやるものと思っていた。それが

当然のことと思っていただけに、中井氏の忠告めいた言葉が意外であった。

中井氏の、旅も編集者の楽しみなのですから、という説明に、私もようやく納得した。私と同行の旅はいわば公務で、費用は会社持ちの気楽な旅に思えるのだろう。

それでは、ということで、奈良県内に住むある人物から証言を得ようとしていた私は、担当の編集者に代りに行ってもらった。かれは、その人から要点を聴き出してきて、それを筆記したものを渡してくれた。私は、それによって小説を書き進めることができたが、なんとなく気持がはれなかった。証言者から回想を得る時、私は相手の顔をながめ、話しぶりにも接してきた。それがなく、取材したメモのみを渡されたことが物足りなかったのである。

これに懲《こ》りて、以後、他人に調査を依頼することは絶えてなく、私が出掛りてゆく。

その後、ことに史実調査を要する歴史小説を執筆する折、出版社または新聞社から、編集者または記者を調査に協力させますから……と、事前に言われる。

「よろしくお願いします」

と、その申出に感謝をし、時には同行してもらうこともあるが、大半は私一人で旅に出、調査をする。

出版社、新聞社に迷惑をかけたくないという気持があるのはたしかだが、私の小説を書く方法によるやむを得ない事情からきている。

たとえば歴史小説を書く場合、結末までのあらましを頭に入れたまま筆を起す。書き進めるうちに、突然、調べなければならぬ史実にぶち当り、筆をとめて調べた上で再び筆を進める。それは、氷にとざされた海を行く砕氷船に似て、一つ一つ氷塊に似た史実に行手をさえぎられる度に、それを砕いて進むことを繰返す。

史実という氷塊に突き当ると、私は即座に史実を調べるため、それのある地におもむき、書斎にとって返して筆を進める。そうしたことから、編集者、記者に同行をお願いする余裕はなく、旅行鞄《かばん》を手に史実のある地に急ぐのである。

そうしたことから、調査の旅は単身ということになる。

一人旅では、それなりの滑稽《こっけい》な経験を味わうことにもなる。

「戦艦武蔵」という戦史小説を書くため、武蔵を建造した三菱《みつびし》重工長崎造船所の現地調査のため長崎におもむいた。武蔵の建造は極秘裡《り》に進められ、人の眼から遮断するため船台を棕櫚《しゅろ》縄のスダレでおおった。

棕櫚縄は船具であるので、どのようにして造船所に納入したのかを調べるため、市内の船具を扱う大きな店に行った。

店の奥に坐《すわ》る店主とおぼしき六十年輩の人に、趣旨を説明し、教えて欲しいと頼んだ。

店主は坐ったまま、

「間に合ってるよ」

と、言って手をふった。

私は、メモノートを入れたアタッシュケースを手にしていて、店主は私をなにかのセールスマンと思っているらしい。

私は、なおも小説を書くためと言ったが、セールスマンと思いこんだらしい店主は、間に合っているという言葉を繰返し、手をふりつづけた。

どうにもならず、私は店の外に出ないわけにはゆかなかった。

北海道の北端に近い漁村におもむき、老いた漁師の家を訪れたことがある。海は荒れていて、漁師は家にいた。

その村の沖で、終戦直前、樺太《からふと》からの避難民を乗せた客船がソ連の潜水艦に撃沈され、多くの避難民が海に投げ出された。多くの死者が出たが、漁師が生存者の救出につとめたということをきき、話をきくため訪れたのである。

漁師は炉ばたに坐っていて、私は名刺を渡し、現在、新聞に連載小説を書いている、と言った。

漁師は、私の名刺を見つめ、肩書きがないので裏返したが、むろんそこにもなにも書いてない。名刺とは素姓を相手につたえるもので、私の名刺はなんの意味もない。釈然としない表情の漁師に、私は輸送船が撃沈された夜のことを質問し、漁師は重い口を開いて答える。その間にも、名刺に時折り視線を走らせる。

漁師は、新聞と言った私の言葉が頭にきざみつけられているらしく、私を「記者さん」と言う。新聞の取材と考えて、そのように呼ぶのだが、私にはどうでもよいことで、「記者さん」と呼ばれるたびに「ハイ」と答えていた。

九州の地方都市に行った時には、小説家の私の名をかたった偽者《にせもの》とされた。新聞連載の歴史小説の調査におもむいたのだが、あらかじめ市役所の教育委員会に電話連絡をしておいた。

私は市役所におもむき、委員会の課長に会ったが、課長は若い男女の課員を案内人に立ててくれ、私は市内をあちらこちらと歩いた。

日没後、二人の労をねぎらうため、小料理屋に入って接待したが、かれらの口から思いがけぬ話をきいた。新聞連載をしている小説家なら、新聞記者か出版社の編集者がついてくるはずだが、私一人でやってきた。

「偽者としか思えないから、注意してつき合え」

と、課長は言ったという。

私は思わず笑い、

「本物です、偽者ではありません」

と、繰返した。

一人旅であるからこそ、このような愉快な思いもする。

新聞に、「彰義隊」と題する歴史小説を連載し、単行本として出版されている。

明治に改元される寸前の慶応四年（一八六八）五月、江戸を占拠した朝廷軍に旧幕臣の彰義隊が、寛永寺を中心とした上野の山にたてこもり、包囲した朝廷軍と戦う。戦いはわずか半日で彰義隊の敗北として終り、隊員は上野の山からのがれ、四方に散る。

私は、寛永寺の山主輪王寺宮《りんのうじのみや》を主人公として小説の筆を起し、宮も随従の僧たちとともに落ちのびる。

私の生れた町は、上野の山の麓《ふもと》にあり、宮をはじめ隊員たちの逃走路となっていた。ちょうど梅雨の季節で、しかも雨が降りつづき出水していて、宮は腿《もも》まで没する水の中を落ちてゆく。

私は、水の中を歩く経験を何度もしている。戦時中、長兄の経営する紡績工場が、隅田川、荒川を越えた地にあって、梅雨期には出水し、少年であった私は、半ズボンの裾《すそ》をまくって水につかって紡績工場まで歩いていった。

その折の記憶がよみがえり、私は水の中を僧たちと逃げてゆく宮の姿を思い描いた。宮をかくまった植木師、名主などの家には、その生々しい伝承が残っていて、私はそれらの家々を訪れ、伝承をきいてまわった。

少年時代、水の中を歩いた記憶がかさなり、それらの伝承が私には、ことのほか印象深いものとして耳に入った。それらの地は、生れた町に隣接していて、よく熟知している。それらの地を落ちのびてゆく宮とともに、私も水の中を落ちてゆくような思いであった。

長崎奉行のこと

昭和四十一年三月上旬、東京駅から長崎行きの特急寝台列車に乗った。三十八歳であった。

学生時代から小説を書きつづけてきた私は、それまでに同人雑誌に発表した作品が四回、芥川賞候補に推されたが、いずれも受賞とは縁がなかった。

たまたま一ヵ月前に、私が「大和」の姉妹艦「武蔵」について調査していることを知った文芸誌「新潮」の編集部から、それを小説に書いて欲しいという依頼があった。応諾した私は、「武蔵」を建造した長崎造船所に行って実地調査をしようと考え、長崎への旅に出たのである。

初めての九州への旅であったので、今でもはっきり記憶していて、東京駅を列車が出発したのは、たしか正午すぎであった。列車は西進し、やがて夜になって寝台がととのえられ、私は買った二合瓶の日本酒を飲み、身を横たえた。

深夜、眼をあけると、広島駅に停車していて、眩《まば》ゆい電光に照らされたフォームに人の姿はなく、いかにも夜行列車の旅をしているという、しんみりした気持になった。

夜が明けたのは九州に入った頃で、列車が長崎駅のフォームにすべりこんだのは十一時すぎであったように思う。その二十四時間近くの長い列車の旅は、私にとって印象深いもので、途中、駅弁、茶を口にしたことがなつかしく思い起される。

今では、長崎に多くのホテルがあるが、当時はグランドホテルぐらいのもので、私は小さな和風旅館に泊まった。懐中が乏しかったせいでもあるが、それでも十日間近く滞在して精力的に調査し、それによってその年の夏、長篇小説「戦艦武蔵」を「新潮」に一挙掲載させてもらった。

長崎は、江戸時代、異国に開かれた唯一《ゆいいつ》の地であったので、歴史小説の資料集めにひんぱんに長崎へ行くようになった。相変わらず、列車の旅が多く、列車が九州へ入ると、長崎が近いという意識から沿線の風景をゆったりした気分でながめた。

十年少し前、長崎に行くと必ず会う、元県立図書館長の永島正一氏が、私が長崎に来たのは今回で六十五回目だ、と酒を飲みながら言った。日記にでも書きとめておられたらしい。年に少くとも三回ほどは行っているので、多分そのくらいだろうと思ったが、私はその時から回数を日程表に記入するようになった。

それを伝えきいた県庁では、長崎来訪百回記念として私に講演を依頼してきて、出向いた私は長崎についての講演をし、県知事から壇上で長崎奉行と書かれた見事な大きい陶板をいただいた。

私は、寝台列車で初めて長崎に来た折のことを想《おも》い、陶板を手に感慨無量であった。

最近は、年に一回いくかどうかで、昨年の末の長崎行きが百四回目である。

奉行の陶板は、家の応接間に飾られている。

朝のつぶやき

五月一日で七十六歳の誕生日を迎え、数え年では七十七歳、喜寿ということになる。二十歳の冬に肺結核の三度目の発症に見舞われ、末期患者として絶対安静の身になった。体は瘦せに瘦《や》せ、死は確定的になった。

幸いにも肋骨《ろっこつ》切除という半ば実験的な手術を受けて死をまぬがれ、それから現在まで生き続けてこられたことが不思議でならない。たまに風邪をひく程度で、体にこれと言った故障はない。

年に一回開かれる中学校のクラス会に出席すると、友人に、老いを感じているか、と問う。友人の大半は、別に感じていないと、答える。わが意を得たり、という思いがする。

朝、目が覚めると、幸せだなあ、とつぶやくのを常としている。発熱と絶え間ない咳《せき》、そして激しい消化不良で瘦せさらばえて病臥《びょうが》していた頃のこと。局所麻酔のみによる激痛につぐ激痛の手術を思い起こすと、とりあえず健康である現在の自分のことを幸せだなあ、と思うのだ。

先日、二泊三日の越後《えちご》湯沢への旅から帰京した。町にあるマンションの一室を仕事場にしていて、一ヵ月半に一度の割で足を向ける。

町には清流が至る所に流れ、空気は澄み、東京で終日書斎にこもる私にとっては、大きな憩《いこ》いになる。雪は消え山も野原も緑一色で、仕事場で机に向かっていると、部屋が薄い緑色に染まっているような気さえする。

心臓移植の小説を書くため、南アフリカのケープタウンに行った折のことが思い起こされる。世界初の心臓移植の手術がケープタウンでおこなわれ、その調査のための旅であった。

ロンドンから空路アフリカ大陸を縦断してケープタウンに行ったが、機上から見るアフリカ大陸は赤茶けた土のひろがりで、アフリカと言えば、鬱蒼《うっそう》とした密林を連想していただけに意外であった。

帰路はアメリカ経由で帰国したが、機上から見える日本は緑一色の国にみえた。この国に生を受け生きていることの幸せを思った。

仕事場から見える緑の色のひろがりに、このような素晴らしい色を目にすることができるのは、生きているからだ、と思う。

所詮《しょせん》は、気の持ちよう一つで、むろんわずらわしいことも数々あるが、肺結核の末期患者であった頃のことを思い返すと、悪《あ》しき雑念は消える。

今日も朝の目覚めに、幸せだなあ、とつぶやいた。

「霰《あられ》ふる」の旅

能登《のと》半島への旅に出たのは、十八年前の二月下旬である。初めて訪れる地で、思い出す度にいい旅だったな、と胸の中でつぶやく。

日記を繰ってみると、その日、羽田からジェット機で小松へ行き、金沢市に入っている。

旅の目的は、小説の素材調査であった。テレビで能登の女性たちの岩海苔《いわのり》採りの紹介番組があり、突然の高波で多くの女性が死亡した事故が起ったこともあるという説明に、これは小説になる、と思ったのである。

まず、石川県の県内紙北国新聞に行って資料集めをし、夜は大学時代の後輩である金沢市在住の古村知勝と小料理屋で飲んだ。かれは、野球の強打者松井秀喜選手の母校である星稜《せいりよう》高校の教師であった。

翌朝早くホテルを出た私は、金沢駅の七尾線ホームに行き、卵入りの立食いうどんで朝食をすませ、八時発のジーゼルカーに乗った。激しく雪が乱れ舞っていて、そのような季節に旅行をする者などないらしく、車輛《しやりよう》内には私一人だけであった。

穴水《あなみず》駅で下車した私は、北国新聞の支局に行って、鹿磯《かいそ》という海ぞいの地の漁業協同組合員である、岩海苔採りに詳しい松井氏に連絡をとってもらい、タクシーに乗った。しかし、昼食時にかかることはあきらかなので、門前町で途中下車し、食堂に入った。能登は魚介類が美味ときいていたので、えびの天ぷらうどんを注文したが、海が時化《しけ》ているためらしく、えび天ぷらはきれていると言うので、やむなく卵うどんにした。朝食につづいてまたも卵うどんか、と思ったが、金沢駅の立食いうどんよりははるかにうまかった。

タクシーで鹿磯に行ったが、足がふらつくほどのすさまじい吹雪で、海は荒れていた。

松井氏は事務所で待っていてくれて、岩海苔採りの事故の話をきいた。思いがけず氏の夫人がその事故で波にさらわれた一人であることを知り、暗い気持になった。

それから私は、タクシーで黒島に行き、山下しなさんの家を訪ねた。なぜ、しなさんに会う気になったのか、記憶は失われている。しなさんは、星稜高校野球部の山下監督の母君で、古村君が連絡をとってくれたのか、それとも北国新聞で紹介されたのか。しなさんは黒島沖にうかぶ小さな島で三十余名の海苔採りの女性が水死した事故を、浜から目撃した貴重な人であった。

しなさんは、おおらかな感じの方で、すさまじい事故の話を私はノートに筆記しながら、自分の家にいるようなくつろいだ感じであった。

金沢市のホテルを出る時、能登で一泊することを覚悟していたが、しなさんの話をきき終えて時計を見た私は、泊らずに金沢まで帰れることに気づいた。それを口にすると、しなさんは、降雪の中を海岸にあるバスの停留所まで送ってくれた。

事故の起った島に眼をむけた。沖から高々とした波が重り合うように押し寄せてきていて、島に絶え間なく波しぶきがあがっている。泡立つ海水に洗われている島に白い棒状のものが見え、しなさんにたずねると、波にさらわれた女性たちの慰霊碑だと言った。

やがて吹雪の中からバスが現われ、私は、しなさんにお礼の言葉を述べてバスに乗った。しなさんの姿は、吹雪の中に消えた。

バスは、海ぞいの道を走った。途中、学校帰りの小、中学生や高校生たちが、乗っ

ては降りてゆく。かれらは、一人残らず下車する折に、運転手さんに、

「ありがとう」

と、軽く頭をさげて降りてゆく。

その礼儀正しさに、私はあらためて松井氏、しなさんの温い人柄を思いうかべていた。

私は、富来《とぎ》という地で下車し、そこからタクシーに乗りかえて金沢市のホテルについた。午後六時すぎで、日記にはタクシー代一万六千円也《なり》と書かれている。地図を見ると、私は能登半島の半ばまでも行かず、半島が奥深いことを身にしみて感じた。

翌日も雪がしきりで、バスで小松空港に行き、羽田行きのジェット機に乗った。通路をへだてた席に、引退したばかりの元横綱北《きた》の湖《うみ》関が窮屈そうに坐《すわ》っていて、私はそのまま眠ってしまった。

魚介類の豊かな能登の旅で、私は三百円の卵うどんを食べただけだが、富山に住む年下の詩人青木新門君から、小さい竹筒に入ったこのわたを年末になると必ず送ってくれる。すこぶる美味で、それを肴《さかな》に酒を飲んでいると、吹雪の中の能登の旅、多くの人命を呑《の》み込んだ島に建てられた碑がよみがえる。

忘れがたい印象深い能登半島の旅で、その折の現地調査で私は、「霰ふる」という

小説を書き、文芸誌「群像」に発表した。

乗り物への感謝

私は小説の史料収集や現地踏査の必要からしばしば旅行し、全国で泊らない県はない。遠隔の地に行く折は、むろん飛行機に乗り、長崎には百回以上、札幌には百五十回以上、愛媛県宇和島には五十回前後は行っている。

これだけでも飛行機に乗ったのは三百回になるが、南アフリカとアメリカへと、海外旅行に二度行っているし、日本各地に空路おもむくことが多いので、五、六百回にはなるはずである。

その間には、乱気流に遭遇したりして、これで終りかと思ったこともあり、航空事故の報道がある度に恐怖をおぼえる。

しかし、私には諦《あきら》めに似た気持がある。飛行機というものがあるおかげで、私は短時間で目的地との間を往復でき、それによって多くの小説を書いてきたという感謝の念がある。観光目的で旅をすることは皆無に近く、私の旅は小説を書くための旅で、稀《まれ》には講演旅行をすることもある。

高速化した列車にも、感謝している。

昨年一月下旬、お世話になっている病院の院長の招きで、岡山市で開かれた医学関係者の会で講演におもむいた。

午後三時から一時間の講演で、その後の懇親会にも出席した。主催者側ではホテルで一泊するよう用意してくれていたが、懇親会が終了した時に時計をみると、四時半であった。

せっかちな私は、これなら十分帰京できると思い、主催者側の諒解《りょうかい》を得てホテルに行ってキャンセルを申し出た。それに相応した代金を支払うつもりでいたが、ホテル側は、快く無償で応じてくれた。

私は新幹線に乗り、九時半には帰宅した。

数日前、今度は小説の史料収集で岡山県の高梁《たかはし》市におもむいた。三時すぎにそれを終え、前回の経験があるので岡山市にとって返し、「のぞみ」に乗った。

帰宅したのは八時半で、私はゆったりと、テレビの野球放映をながめながら、ビールを飲んだ。幸せな気分であった。

ホテルへの忘れ物

長崎への旅から帰宅し、旅に携えていった大切な書物が見当らないことに気づいた。幕末に長崎へ遊学した医家の事蹟《じせき》を調べるために長崎へ行ったのだが、その医家の経歴を記した自伝がない。

十年ほど前に市販された自伝であるので、出版元に問い合わせたところ絶版になっている由《よし》で、付き合いのある古書店に電話したが、市場には出ていないという。

長崎に置き忘れたことはあきらかで、あれこれと考えた末、宿泊したホテルの部屋に置いてきたような気がし、フロントに電話をかけた。私の名と宿泊日を告げ、領収書に書かれている部屋番号についで自伝の書名、表紙の色を告げ、置き忘れてきたようなので調べて欲しい、と頼んだ。

「お客様のお電話番号をお教え下さい、その本がありましたら御連絡します」

と、フロントの人は言った。

私が電話番号を伝え、受話器を置くと、五分もたたぬうちに電話がかかってきて、

「御座います。すぐにお送りいたします」

と、フロントの人は丁重な言葉で言った。

私は安堵《あんど》したが、少し時間がたつと、なんとなく釈然としない気持になった。そのホテルに入った時、宿泊カードに氏名、住所とともに電話番号も記したのに、それをあらためてたずねるのが、まずおかしい。

格式のあるホテルなのだから、客室に置き忘れた物があればすぐに保管し、それを私にすぐに連絡してくるはずで、私が電話をかけたのにいったん電話を切り、五分もたたぬうちにありますと電話をかけてきたのは、すでに私の忘れ物が手もとにあったからなのではあるまいか。

ふと私は、ホテル関係者からきいた話を思い起し、フロントの人の配慮も当然なのだ、と思った。

女性とともに男性が泊ったが、ホテルの人が客室に婦人用の時計が置き忘れられているのに気づき、宿泊カードの男の自宅に電話で報《しら》せた。電話口に出たのは男の妻で、婦人用時計が、と言うと、彼女は絶句した。

それからは、おきまりの状況となった。妻は夫が女連れでホテルに泊ったことを狂ったようになじり、男は、ホテルの支配人に余計な電話を自宅にかけてきたと激怒した。さらに妻からは、夫と泊った女はどんな女性だったのか、と執拗《しつよう》に質問の電話がかかってきて辟易《へきえき》したという。

その話を思い出した私は、ようやくホテル側の態度に納得した。恐らくホテルに女性の時計一件のような出来事が起ったことがあるのか、それともそのような例があったのを他のホテルからきいて戒めとしているのか。

翌日、ホテルに置き忘れた、私が書こうとしている人物の自伝が、宅配便でわが家にとどけられた。

日露戦争　人情の跡

日露戦争から百年がたち、多くの記念行事がもよおされている。日本海海戦について「海の史劇」、講和会議を「ポーツマスの旗」という小説に書いた私のもとには、それに関連したエッセイ、対談、テレビ、ラジオの出演などさまざまな依頼がある。

その中で、初めに依頼を受けた読売新聞社主催の講演のみを引き受け、日露講和会議について話をさせていただいた。

日本海海戦は、ロシア艦隊三十八隻《せき》中撃沈十九をはじめ捕獲、自爆、抑留等三十四隻が失われ、それに対して日本艦隊は九十トン弱の水雷艇三隻のみが撃沈されたという、世界海戦史上類をみない圧勝であった。

「海の史劇」を執筆する折には日露両国の資料をあさり、各地を歩きまわったが、海戦が沖合でおこなわれた島根県と山口県下の二ヵ所への調査旅行は、今でも印象深いものとして胸に残っている。

その一つは、山口県萩《はぎ》市の北方四十五キロの沖にある見島への旅である。萩港から交通船に乗って、二時間強で見島についた。見島には、撃沈されたロシア工作艦「カムチャツカ」(七二〇七トン)の乗組員たちが上陸してきたのである。

民宿に宿をきめ、当時のことを知っている八十二歳の小川茂樹氏から、話をおききした。海戦時、十五歳であったという。

「海戦の日、正午頃から沖の方でドロロン、ドロロンと異様な音がし、雷が鳴っているのかと思っていましたが、夕方になって砲声とはっきりわかるようになりました」

夜も砲声がきこえ、翌朝になると、

「砲声が島をふるうだけひどうなった」

勝っているのか負けているのか、ロシア兵の上陸も考えられ、丘陵にもうけられた望楼の望楼長から避難命令が出て、老幼婦女子は急いで山中にのがれた。

午前十時すぎ頃、沖にボートが一艘《そう》見え、敵か味方かと見つめていると、ロシア水兵たちが乗っているのがわかった。

茂樹少年は島の男たちと戦うことを覚悟していたが、ボートに乗っている者が白いハンカチをさかんにふっていることから、降伏しようとしているのを知った。

ボートが浜につくと、乗っていた者たちがそのまま砂浜に突っ伏した。人数は五十五人で、十人ほどが負傷し、五人が重傷を負っていた。

医師二人が駆けつけてきて負傷者の手当をし、その頃には女や老人も山中から出てきた。

お茶と饅頭《まんじゅう》を出したが、だれも手をつけず、握り飯を出したが同様で、

「毒など入っておらんからと、こちらで食ってみせましたら、一人、二人と食いはじめましての。それでみんな食うようになりました」

村人たちは重傷者に同情し、女たちは涙を流した。

やがて日本海軍の水雷艇二隻が来て、艇長の海軍士官がボートで岸にあがった。砂浜で横になっていた水兵たちは、重傷者を除いて全員立ち上がり、整列して敬礼した。

「驚きましたな、日本だけじゃない、ロシアの水兵も規律正しいと思いました」

「カムチャツカ」の乗組員たちは水雷艇に乗せられて島を去ったが、重傷者の一人が途中、絶命したという。

小川氏の記憶力はたしかで正式記録と完全に一致し、私は礼を述べて氏の家を辞した。

もう一つの旅では、出雲《いずも》空港に近い島根県平田市の北浜村を訪ねた。

その村に住む明治二十七年生まれの渡部甚蔵氏に会って話をきいたが、海戦当時は高等小学校の生徒で、当時のことを知る貴重な方であった。

日本海海戦のロシア艦隊側の戦死者は四千五百四十五名（日本艦隊側百七名）で、砲弾や火災によって死んだ者が多いが、溺死《できし》した者の数もおびただしい。それらの水死体はほとんどが海中に没したが、この北浜村では三体を収容している。

海戦が終わってから十日後に一体、さらに半月後に二体、漂流しているのを眼にした漁師が、それぞれ村の浜に曳《ひ》いてきた。

村人は、それらを丁重に埋葬し、「戦孝良勝居士」「露岳就本居士」「徳雲道隣居士」という戒名をきざみつけた墓の下に埋葬した。その地方では、死者の戒名は通常、信士だが、特別に居士としている。村ではその後、毎年法要がつづけられているという。

見島、北浜村ともに人情のこまやかな土地柄で、それに接した旅でもあった。

私がその二ヵ所の地を訪れたのは三十二年前で、海戦の証言をして下さった小川氏も渡部氏も、むろん故人になっている。

V

時を歴《ふ》る

床屋さん

妻が美容院へ出掛けた折に、妻に電話がかかってくることがある。電話口に出た私は、

「美容院へ行っています」

と、答える。

相手が素直に納得してくれればよいのだが、

「どこかお悪いのですか」

と、気づかわしげにたずねる人もいる。

美容院を病院とききまちがえるからで、それがしばしばある。

それで私は、

「髪結いさんに行っています」

と、答える。

少年時代、母はよく髪をととのえるため髪結いさんに出掛け、私はカミユイさんとは言わずカミーさんと言っていた。

この返事を電話をかけた友人からきいた妻は、呆《あき》れたように笑った。

「まるで江戸時代じゃないですか。私が丸髷《まるまげ》でも結いに出掛けているみたい……」

それで、面倒でもあるので、

「なにか用事があるらしくて出掛けています」

と、答えることにしている。

男の整髪は理髪師の世話になるが、私は床屋さんと言っている。江戸時代、床店で仕事をしていたことから髪結い床――床屋となった。

少年時代、家の近くに床屋さんがあって、私はその店に通った。店主の弟子に佐々木さんという若い人がいて、子供担当であったらしく髪を刈ってもらっていた。ギターがうまく、仕事が終った夜、その店の二階の物干台でギターをひいているのをよく眼にした。

そのうちに佐々木さんは、近くの家の器量よしの娘さんと結婚し、子にも恵まれた。

戦争がはじまっていた。

私が旧制中学を卒業して間もなく、町はアメリカ爆撃機による夜間空襲で焼きはらわれた。

翌日、町の高台に避難していた人々が、ぞくぞくと町におりてきて焼跡に足をふみ入れ、未練気に焼けトタンや瓦《かわら》をとりのぞいて陶器や金属類を掘り起していた。高熱にさらされた茶碗《ちゃわん》や皿などはすぐに割れ、薬缶や鍋《なべ》などはゆがんで使い物にはならなかった。

その日の夕方、無口な父が突然、焼跡にいる人たちにむかって大きな声をあげたのに驚いた。隅田川を越えた地にある父の所有する紡績工場が休業状態にあって、従業員用の社宅があいているので、

「身を寄せる所のない人は、私についてきなさい」

と、言った。

恐らく親戚《しんせき》の家などに身を寄せようとしている人が多かったのだろうが、途方にくれた人たちもいて、数家族の人たちが父のもとに集ってきた。その中に佐々木さん一家もいた。

私はそれらの人たちと父の後について焼跡をはなれ、隅田川にかかった橋を渡り、紡績工場に行った。工場の敷地には十室ほどある木造二階建の社宅が二つ建てられて

いて、父についてきた人たちは各室にそれぞれ入った。

日がたつにつれてそれらの人たちは、身を寄せる所ができたらしくつぎつぎに去ってゆき、残ったのは佐々木さん一家だけになった。

佐々木さんは家賃代りだと言って、父をはじめ私たちの髪を無料で刈ってくれ、理髪道具を入れた箱を手にして毎日出掛けてゆく。理髪店はほとんど焼けて理髪師も地方へ散ったらしく、佐々木さんはどこでも歓迎されて十分に商売になっているようだった。

やがて戦争が終ったが、佐々木さんはそのまま社宅に住みついて、毎日、外を歩いて仕事をしていた。

次兄が工場で軽金属の仕事をはじめ、鍋、釜《かま》、喫煙用のパイプを作ったりして、従業員が社宅に入るようになった。それに気がさしたのか、終戦後一年ほどして、どこかに住む場所を見つけたらしく社宅から去った。父は、終戦の年の暮れに死亡していた。

佐々木さんは、父に恩義を感じていたようで、時折りやってきて兄や私の髪を刈り、従業員の髪も無料で刈ってくれていた。

私は予備校へ通い、旧制高校に入学して、生れ育った町の焼跡に兄が建ててくれた小さなバラックの家に弟と住むようになった。佐々木さんは、その町の戦火に遭わなかった家の一室を借りて住んでいて、私はその部屋に行って整髪をしてもらっていた。むろん規定の料金を支払っていた。

翌年正月に私は喀血《かっけつ》し、病臥《びょうが》するようになった。中学二年生と五年生の折に肺結核となり、いわば三度目の発症で、末期患者として絶対安静の身になった。体は瘦《や》せこけ、髪は伸びに伸びた。

病臥してから半年ほどした頃、佐々木さんが理髪道具の箱を手にして訪れてきた。私が姿を見せないことをいぶかしんでいた佐々木さんは、路上で弟と会い、私が寝たきりの状態であるのを知ってやってきたのだという。

佐々木さんは、ためらうこともなく寝たままの私の髪に鋏《はさみ》を入れた。

私は、身をすくめ眼を閉じていた。肺結核は死につながる伝染病で、末期患者の私に人は近づくことを恐れている。そうした私に近々と顔を寄せて長い髪を整髪してくれる佐々木さんに、申訳ない思いであった。

それから間もなく私は入院し、肺結核の手術を受けた。佐々木さんは病院まで来てくれて、退院後も予後を養う私の髪を刈ってくれていた。

健康を取りもどした私は、新制大学に入学した。

その頃、佐々木さんは、浅草の松竹演芸場の地下の一室を仕事場とするようになっていて、私はそこに通った。演芸場出演の芸人や関係者を主として整髪しているらしく、漫才師らしい人の頭髪を巧みにオールバックにしていることもあった。

そのうちに資金が出来たらしく、大塚の都電通りに演芸場の名にちなんだ「松竹」という店名の理髪店をひらいた。大学を中退した私は勤め人になり東京の郊外に住んでいたが、電車から都電に乗りついでその店に通った。

結婚式の朝も佐々木さんの店に行ったが、

「今日は念入りにやらなくちゃ」

と佐々木さんは言って、珍しくドライヤーをかけたりしてくれて、そのため危うく式におくれそうになった。

家内は、近くに理髪店がいくつもあるのに大塚まで行く私に驚いていたが、病臥していた時のことを話すと納得したようであった。

佐々木さんの髪が乏しくなって地肌があらわれるようになり、それにつれて私の髪もうすれはじめた。

店の鏡をながめながら、私が、

「佐々木さんのはげる菌が私に感染《うつ》った」

と言うと、佐々木さんは、

「まあ、いいじゃないの。長いつき合いなんだから……」

と、妙なことを言って笑っていた。

佐々木さんは、私が四十歳の時に心臓発作で急死した。店に行った時、かれの夫人から報《しら》されたのだが、少年時代から終始佐々木さんに髪を刈ってもらっていた私は、途方にくれた。

家の近くに、若い夫婦者が理髪店をひらいていた。

仕方なく私は、その店に行った。なんとも落着かず、あらためて私の頭髪は佐々木さんとともにあった、と思った。

そのうちに自然になれてきて、Oさんというその床屋さんの店に通うようになった。

やがて私は転居したが、佐々木さんを追いかけるようにかれのもとに通いつづけていた癖がそのままあらわれて、Oさんの店へ行く。バスを使ったりタクシーに乗ったりして出掛けてゆく。

ある時、タクシーに乗ってOさんの店へ行く途中、運転手さんが、

「床屋さんに行くんでしょう」

と、言った。

なぜ知っているのかとたずねると、以前私を乗せたことがあり、おぼえているんです」

「タクシーで床屋さんに行くなんて変った人がいるもんだと思い、おぼえているんで
す」

と、言った。

三十年間Oさんの店へ通いつづけたが、行くと客は私だけのことが多く、昨年、経営不振で店じまいをした。

毛髪がとみに乏しくなってはいるものの、まだ少々は残っていて、理髪店に行かねばならない。

ビールや調味料などをとどけてくれる店の主人に適当な床屋さんがないかとたずねると、私の家から歩いて二十分ほどの理髪店がいいと教えてもらい、その店に足をむけた。

しゃれた店で待合室があり、そこに三、四人の客が待ち、店主夫婦と若い女性が仕事をしている。

「初めてですが、お願いできますか」

と言って、私は鏡の前の椅子《いす》に腰をおろした。

その時からこれまで四回行き、店主の妻、女性、店主にそれぞれ髪を刈ってもらっ

たが、いずれも愛想がよく、腕がきわめていい。

「どのような御趣味をお持ちですか」

と店主の妻に言われ、なにもないと答えると、

「なにか御趣味をお持ちになった方がよろしいですよ」

と、彼女は言った。

私が会社を定年退職して悠々自適の暮しをしているとでも思っているらしく、気づかってくれるのだ。

公園の森の中をぬけて店に行き、家にもどる。乗物に乗らず理髪店に行けるのが楽で、ようやく私は安らいだ気持になっている。

雪の舞うふる里

三十年ほど前から、正月の過し方に変りはない。

元日の朝は、長男一家が家に来て共にお節《せち》料理と雑煮を祝い、午後は年賀状を読み、新たに年賀状を書く。夕方、妻と閑散とした近くの吉祥寺の街に行き、わずかに開い

た喫茶店に入ってコーヒーなどを飲み、帰宅する。

二日は、地下鉄で浅草に行く。仲見世は身動きできぬ人の列なので、店の裏側の細い道を行き、今年は途中の店で三百五十円の羊の小さな陶器の置物を買い、人にもまれて観音様の本堂の石段をのぼる。お賽銭《さいせん》の硬貨を賽銭箱にむかって投げはしたが、とどくはずはなく、それでも初詣《はつもうで》をした気分になった。

三日からは一応書斎に入ることにしているが、今年は、朝、眼がさめて、生れ育った日暮里《にっぽり》の町の氏神様である諏方《すわ》神社にお詣《まい》りすることを思い立った。

寒さがきびしかったので十分に身ごしらえをして東京郊外の家を出て、電車を乗りついで西日暮里駅で下車した。

線路ぞいの急な坂道を登ったが、その道は母校である近くの私立中学への通学路で、当時と変りはない。

坂を登った私は、諏方神社の境内に入った。前日の浅草観音の賑《にぎわ》いとは全く異なって人の姿はほとんどなく、初老の女性の傍《かたわ》らに立って社殿に拝礼し、破魔矢を買った。

終戦の年の元日、中学（旧制）五年生であった私は、除夜の鐘がかすかにきこえるのを耳にして、家を出て諏方神社にむかった。

すでにアメリカ爆撃機の空襲がはじまっていて、町は燈火《とうか》管制で闇《やみ》につつまれていた。

一人で道をたどってゆくと、両側の路地から家族連れの人がつぎつぎに出てきて、日暮里駅の方にむかって歩いてゆく。駅の跨線橋《こせんきょう》を渡る頃には人の姿が増し、神社の境内に足をふみ入れた頃にはかなりの人がいた。

むろん燈火管制下なので篝火《かがりび》などはたかれていず、人々が闇の中を石段をのぼっていって拝礼する。言葉を発する者はなく、社殿の鈴を鳴らす音がきこえるだけであった。

そんなことを思い出しながら、人気のない境内を鳥居の方に歩く。食料が枯渇し、いつ空襲で家が焼かれ死ぬかも知れない年の元日に、多くの人たちが初詣をしていたことが不思議であった。

鳥居をくぐって、両側に寺や民家のつづく道を歩く。道の両側には日本画家の橋本関雪、文人の久保田万太郎、彫刻家の高村光太郎氏らが住んでいたが、道に人気はない。

今はない交番のあった角を左手に曲ると、少年時代からあった佃煮《つくだに》屋やせんべい屋が店を開いていて、ほっとする思いであった。

日暮里駅の跨線橋を渡ると、前面に私のふる里である日暮里の町のひろがりが見えた。

終戦の年の四月中旬の夜、来襲したアメリカ爆撃機の焼夷弾《しょういだん》投下で町は炎につつまれた。私は、駅後方にひろがる谷中墓地に町の人々とともにのがれたが、その折に墓地から眼にした町の情景は、強烈な印象だった。町全体が大噴火を起したように壮大な炎が空高く噴きあがり、密度の濃い火の粉が乱舞していた。

その夜の空襲で、私のふる里は消滅した。

跨線橋を渡った私は、当時そのままの長い石段を踏んで町に降りて行った。

駅前の道を右方向に行くと老舗《しにせ》の「羽二重団子」があり、根岸の方に少し行った所に正岡子規が病臥し死亡した子規庵《あん》があって、子規の書いたものにその店の団子のことが出ている。

店の前に、善性寺という由緒《ゆいしょ》ある寺がある。六代将軍家宣《いえのぶ》の生母長昌院の遺体が葬《ほうむ》られた寺（後に寛永寺に改葬）で、上野戦争の折には彰義隊の屯所《とんしょ》にもなっている。山門を入るとすぐ左に、名横綱双葉山《ふたばやま》の墓がある。

寺の左側の塀ぞいの道を進み、二つ目の角を曲った所に父の建てた隠居所があった。

その頃、母は子宮癌《がん》で病臥し、紡績業、製綿業を家業としていたので家に人の出入りが多く、母の療養のため父が隠居所を新築した。七十坪ほどの敷地（借地）に建てた五十坪強の平家《ひらや》建の木造家屋で、中学生であった私と弟は、母とともにその家に移り住んだ。

母は、終戦の前年の夏に死亡し、空襲で町が焼きはらわれるまで私と弟はその家に住みつづけていた。

私は、駅に近いラングウッドというホテルの広いレストランに入り、サンドウィッチとコーヒーを注文した。

数組の客がいるだけの静かな店内をながめながら、不思議な思いにとらわれる。そのレストランの位置は、何度もたしかめてみたが、私の住んでいた隠居所の建っていた場所なのである。真鯉《まごい》の泳いでいた池のある庭、檜《ひのき》づくりの家が眼の前にうかぶ。その同じ場所で、昼食をとっていることが信じがたい気がする。

私は、自分のふる里にいるが、町はいちじるしい変貌《へんぼう》をとげている。

空襲で平坦《へいたん》な焦土と化した町は、幻影に似たものになっていて、町の中央には広い道が貫き、絶え間なく車が往《ゆ》き交っている。平家または二階建の木造家屋ばかりであった町には、鉄筋コンクリートの建物が建ち並び、少年時代の面影はない。

空襲とともに、人々は四方に散り、町の中を歩いても顔見知りの人に会うことはない。

テレビで俳優その他がふる里を久しぶりにたずね、多くの友人その他に会う画面を見ると、私とは縁がないものに思える。私のふる里は、東京の環状線（山手線）の駅もある町なのだが、そこは未知の人の住む地になっている。

現在、町に住む旧友は二人しかいず、多くいた友人たちはことごとく他の地に散っている。

旧友の一人小川君は、駅前で中華料理店を経営しているが、その日は正月休みで店は閉ざされていた。

小川君は私より三歳下で、私の生家のすぐ近くにあった酒屋の次男であった。店内の壁ぎわに清酒の四斗樽《しとだる》が並び、升に酒をとって店売りをしていた。店の中にもうけられたカウンターでは、小さなガスコンロに酒の入ったフラスコをのせ、熱燗《あつかん》にして客が酒を飲み、店頭でやき鳥も焼いていた。

小川君は明るい性格で、徒競走が速く、運動会では常に一等であった。

空襲で町が焼けてから長い間会わなかったが、十年ほど前に中華料理店の店主であるのを知り、久しぶりに言葉を交した。むろんかれの両親はかなり前に亡《な》くなり、その店を経営するようになるまでは多くの苦労を味わったはずである。

渡された名刺を見ると、同業者の全国組織の代表役員の任にあり、私立大学の同窓会の幹事もつとめている。私の知る、いつも笑顔を絶やさなかった酒屋の息子の少年が、なぜこのような立派な社会人になっているのか。若々しいかれの顔をながめながら、畏敬《いけい》の念を禁じ得なかった。

もう一人の旧友の浅岡君は、小学校の同級生であった。自転車屋の一人息子で、驚くほどしばしば学校を休んだ。最近きくところによると、姉と兄が疫痢《えきり》で幼くして死亡し、両親はそのような伝染病にかかって死ぬのを恐れ、かれを家から外に出さなかったのだという。

当時は、疫痢に代表される幼児をおそう伝染病が猛威をふるい、幼児の二五パーセント強が死亡した。私の家族の場合も、母は十人の子を生んだが、二人の兄と姉がそれぞれ疫痢にかかって幼くして死んでいる。二人の子を失った浅岡君の両親が、一人残ったかれを外に出さぬようにしていたことも、十分にうなずける。

かれが小学校を卒業後、二年制の尋常高等小学校に入ったまでは知っていたが、その後のことは全く知らない。

二十年ほど前、町に行った私は、自動車の修理作業場にいるかれを眼にした。年齢よりはるかに若く見える健康そうなかれは、人も使ってその作業場を経営していたのだ。

町の小さな自転車屋の息子であったかれが、手広く商売をしている。自転車から自動車へと、かれはその対象をどのようにして変えていったのか。当然、自動車の専門知識も身につけたはずだし、それを駆使して、小企業ながら健全な経営感覚もそなえているのだろう。

小川君も浅岡君も、空襲で家を失い、経済的にもゼロに近かったはずであるのに、よくもここまで来たものだ、と感服のほかはない。

いつの間にか、レストランの窓の外には雪が舞っている。

小川君か浅岡君に電話をかけて話したい気持がしたが、それはやめにした。二人とも正月休みで、家族とともにのんびりと時をすごしているにちがいなく、それを乱してはならない。

町は、知る人のいない地になっているが、二人のしっかりと生きている旧友がいる。

思い立ってふる里に来て、町の氏神様に礼拝してよかった、と思った。

旧友の二人しかいないふる里。あらためて空襲というもののすさまじさを感じる。

私は、ソファーに背をもたせて窓の外に舞う雪をながめながら、残り少くなったコーヒーを飲んだ。

武士も斬《き》りたくない!?

現在、上野彰義隊について小説に書くための調査を進めている。

幕末に鳥羽《とば》、伏見の戦いで圧勝した薩摩《さつま》、長州両藩の軍勢を主力とした朝廷軍は、錦《にしき》の御旗《みはた》をかかげて東海道を進み、江戸に入る。

徳川家に長年の恩義を感じる幕臣たちは、上野の山にたてこもって彰義隊を結成する。朝廷軍は、いわば進駐軍で、勝ちにおごって狼藉《ろうぜき》をはたらく傾きがあり、彰義隊員としばしば小ぜり合いをした。これに苛立《いらだ》った朝廷軍は上野の山を包囲して攻め、その戦いは朝廷軍の勝利となって、一日で終わる。

この戦いについて、思い出すことがある。

二十歳の折に肺結核の末期患者となっていた私は、絶対安静の身で病臥《びょうが》していた。活字を読むと眼が疲労するので、私はもっぱらラジオ放送をきいてすごしていた。

ある日、九十歳を越えた方の上野の戦いについての回想談が放送された。当時、その方は十二歳で、日本橋の問屋に奉公していた。

用件は忘れたが、番頭から用事を頼まれて上野に行った。

その時、上野広小路方面から薩摩の藩兵が進んできて、上野の山からおりてきた彰義隊の一隊と遭遇する。回想する方は、

「恐ろしくて恐ろしくて。道ばたにあった大きな天水桶《おけ》のかげに入って身をふるわせていました。今、上野日活のあるあたりです」

と、言った。

上野日活は、終戦後まであった映画館で、上野の山から広小路におりる右手に建っていた。

「眼の前で薩摩の藩兵と彰義隊の間で斬り合いがはじまりました」

と、その方は言ったが、斬り合いと言っても、互いに十メートルほどの間隔を置いて、刀を突き出し、ややあと声をかけて向かい合っていただけだったという。

そのうちに近くに砲弾が落下して炸裂《さくれつ》し、それに驚いた藩兵も彰義隊員も後方に退いていったという。

この話に実感があって、今でも鮮明に記憶に残っている。日本刀は刃物で、互いにややあと威嚇《いかく》するだけで近づくことは恐ろしくてできなかったのだろう。

映画やテレビで武士が人をばったばったと斬り殺すシーンを観《み》ると、この回想談を

思い起こす。

雪柳

長男の家は、私の家から一軒置いた所にある。かれの妻は、花が好きで、さまざまな花樹が植えられている。その中に雪柳がある。年を追うごとに大きくなり、今では枝が盛り上るようになって白い花弁が隙間《すきま》なくつらなっている。別称小米花というが、小さな花が粉米《こごめ》のように枝についている。

夜、街に出て酒を飲み、家への路地に入ると、その見事な雪柳が妖《あや》しい美しさに感じられ、足をとめる。

その度に、二十歳の折に病臥生活を送っていた頃のことが胸によみがえる。

その年の正月五日の夜明けに、私は何度も喀血《かっけつ》して絶対安静の身になった。中学(旧制)二年生の冬に肋膜炎《ろくまくえん》、五年生の夏に肺浸潤となったのにつづく三度目の発症で、私は肺結核の末期患者としてすごしていた。

腸も結核菌におかされ、甚だしい消化不良で体は痩《や》せに痩せた。陽光がまぶしく、眼から熱い涙が出た。

伝染病であったので感染を恐れて見舞ってくれる人は少かったが、義姉が何度かやってきて私の枕《まくら》もとに坐《すわ》って短い言葉を交した。

ある日の夕方、彼女が雪柳を手に見舞いに来てくれた。女子医専の学生であった彼女は、所持金も乏しかったのだろう、それは小さな雪柳で、一輪ざしの花瓶に入れた。

翌朝早く眼をさました私は、不思議なものを見た。枕もとの畳の上に小さな雪柳の花が散って落ちていたが、それが枝ぶりとそっくりの図をえがいていた。

病室の空気は静止していて、夜の間に枝からはなれた小さな花はそのまま畳の上に落ち、花が枝ぶり同様の線をえがいている。

私は、しばらくの間、その白い花の線を見つめていた。

家は、戦後すぐに建てられた六畳、三畳二間のバラックで、六畳間に身を横たえていた私は、夕方になると、部屋の板壁に眼をむけていた。

板には多くの節目があって、そこに夕陽があたって朱に染まり、その色が徐々に節目から節目に移って、やがて消える。私は、その日が暮れたことを感じた。

寝たきりであったので、私は手鏡をかざしてせまい庭をながめていた。

女郎蜘蛛《ぐも》が、樹木の枝から軒端《のきば》にかけて巣をつくっていた。私の眼には、巣を張る蜘蛛の脚や体の微細な毛をとらえることができた。

巣が張られ、蜘蛛はその中央に動かず、巣に蠅《はえ》などがかかると素速く近づき、それを脚で回転させ繭《まゆ》のようにしてしまう。雨が降ると、巣には雨滴が真珠のように附着し、少したるんでいた。

病者であった私の眼は、澄んでいた。健康であった頃とは全く異なった世界が、私の周囲にはくりひろげられていた。すべてがきらきらと光り、その中に私は身を横たえていた。

畳の上に散った雪柳の小さな花弁のえがいていた紋様。それを眼にした時から、私は雪柳を特別な思いでながめるようになった。

「大正十六年」の漂流船

江戸時代には、主として太平洋で漂流事故が頻発し、黒潮という大潮流に遠く押し流されて船は覆没し、飢えと渇きで乗組みの者が死に絶えた。

それでも異国の地に漂着したり、外国船に救出されたりして奇蹟《きせき》のように日本の地を踏むことができた者もいた。これらの者たちを異国事情を知る貴重な存在として、学者その他が聴き書きをし、それが多くの漂流記として残されている。

二十代の頃、それらの漂流記にふれた私は、それに魅せられ、これまで漂流を素材とした小説を書きつづけてきた。

明治期に入ると、エンジンをそなえた船が出現し、必然的に漂流事故は全くと言っていいほど見られなくなった。しかし、稀有《けう》な例として大正十五年に黒潮に乗って漂流し、北アメリカの太平洋岸に発見された船があるのを三十年ほど前に知った。和歌山県の「良栄丸」（一八トン・十二人乗り）である。

興味を抱いた私は、和歌山県立図書館に問い合わせ、その記録が保管されているのを知った。早速、私は和歌山市に行き、同館の和田寛氏にその記録を見せていただいた。その中には、船長の命をうけた船員の、漂流中に書いた日誌があり、その生々しい記述に私は衝撃を受けた。

「良栄丸」は、銚子沖で鮪《まぐろ》漁に従事するため大正十五年十二月七日に銚子《ちょうし》港を出港。漁をつづけながら沖へ進んだが、十二日に機関が故障し、航行不能になった。帆をあげて陸岸にもどろうとしたが、風向きが好ましくなく、黒潮に乗って船は漂い流されるままになった。

十六日、五、六百トンの日本の貨物船を眼にしたが、そのまま過ぎた。「良栄丸」は、沖へ沖へと流されてゆく。

一月一日の朝を迎え、日誌に大正十六年一月一日と記されている。前年十二月二十五日に大正天皇が崩御し、その日に昭和と改元されていたが、知るはずもなく、その大正十六年という記述に、漂流船の本質を見たように思った。陸地からはなれて大海を漂う船に、時間の流れはあっても、現実の時間はない。

二月下旬に米が尽き、漁で得たわずかな量の鮫《さめ》と烏賊《いか》の干物だけになった。かれらは釣竿《つりざお》をさしのべ網もはったが、魚はとれず、二間近くもある卵形をした大魚を銛《もり》で打って引き揚げた。その日の日誌には、「萬坊《まんぼう》を突き取り、目出度く笑ふ」と記されている。

三月九日に機関長が、つづいて十三日に一人、二十日一人、二十七日二人、二十九日に二人、四月六日一人、十四日一人、十九日一人と十名が死亡し、残っているのは三鬼登喜造船長と日誌を記録していた船員の松本源之助氏の二人だけになった。

五月に入ると、二人にも死がしのび寄る。八日の日誌には「二人共病気、身動も出来ず」とあり、十一日に「(南南西に)船はどんどん走っている。船長の小言に毎日泣いている」と記され、それで筆が絶たれている。

船には船長の遺書がのこされていた。

娘宛《あて》のものは、

「オマエノガッコウノソツギョウシキヲミズニ、トッタン（父）ハカエレナクナリマシタ」

そして母に孝養をつくすようにと記し、息子宛には、

「トッタンノイフコトヲキキナサイ、オキクナリテモ、リョウシハデキマセン。ハハノイフコトヲヨクキキナサイ」とある。

漂流して死を目前にした船長は、息子が同じ運命にならぬよう漁師になってはいけないと命じているのである。

「良栄丸」は、昭和二年十月三十一日、アメリカ太平洋岸のシアトル沖八マイルの海上で、アメリカの貨物船「ウエスト・アイソン号」により発見された。船体に記された船名はうすれていたが、日本語の文字が辛うじて読みとれた。

船体は、船べりからのびた海草で分厚くおおわれ、二名がミイラ、十名が白骨となっていた。「ウエスト・アイソン号」は、船体をポート・アンゼルスに曳航《えいこう》し、消毒後、シアトル港に繋留《けいりゅう》した。

調査した結果、「良栄丸」と判明、日本領事館ではミイラ化した遺体を火葬にふし、

白骨になったものとともに日本に送った。

シアトルの新聞は、第一面で報道し、大きな話題になった。

この船が漂流していた頃は、太平洋上にエンジンつきの船が往《ゆ》き来《き》し、日本の貨物船の船影以外に外国船二隻《せき》が見え、いずれも去っている。不運としか言いようがない。

黒潮に乗った江戸時代の漂流船は、ロシア領カムチャツカ半島からさらに北米方面に流されている。最後の漂流船とも言うべき「良栄丸」の日誌の記述は、江戸時代の漂流船の経過そのものであり、船長の遺言は、当時の和船の船頭の、家族への思いをしめすものに思える。

血染めのハンカチ

数年前、新聞の記事に眼をとめた。ロシアのロマノフ王朝最後の皇帝ニコライ二世の、遺骨鑑定についての記事であった。

皇帝は、ロシア革命後、エカテリンブルグ郊外の邸《やしき》に妻子とともに幽閉されたが、ボリシェビキの一隊によって全員射殺され、遺体はひそかに運び去られた。ソビエト連邦崩壊後、エカテリンブルグの森の中で九体の遺体が発掘され、皇帝と思われる遺体が果して皇帝のものであるかどうか、滋賀県にロシア保健省から調査協力依頼があったという。

なぜ滋賀県か、と言うと、皇帝が皇太子であった明治二十四年に日本に来て、琵琶《びわ》湖《こ》遊覧を終え滋賀県大津の町の中を人力車で京都へむかう途中、警備にあたっていた巡査津田三蔵に襲われて傷を負った。大津事件である。

私はその記事を見て、一瞬、皇太子ニコライが両腕に龍《りゆう》の刺青《いれずみ》をしたことを思い出した。皇太子が最初に軍艦で来日したのは長崎で、ロシア正教の祝日の関係で公式行事に参加できぬため上陸できなかった。しかし、二十二歳の皇太子は、美しい長崎の町を眼前に上陸の誘惑にかてず、お忍びで上陸した。

当然、県警察部では多くの私服刑事を警備のため尾行させたが、その間に皇太子は二人の刺青師を軍艦に招き入れ、両腕に龍の刺青を彫らせたのである。

この尾行記録は県知事からひそかに宮内《くない》大臣宛に送られ、末尾に「宮内大臣へノミ」と記し、総理大臣をはじめ閣僚につたえられることはなく、司法省も知るよしもなかった。

その折の刺青が殺害されるまで皇帝の両腕にそのまま残っていたことはまちがいな

いものの、白骨化した遺体にそれらがあるはずもない。私は、自分の愚しさににが笑いしたが、龍の刺青の印象が強かったので、とっさにそんな想像をしたのである。

要は、遺骨に大津での事件の痕跡《こんせき》が残されているかどうかである。

津田は、皇太子の後頭部にサーベルを振りおろしている。そのサーベルについて、「ニコライ遭難」というその事件を素材にした小説を書くため大津市を訪れた私は、県が大切に保管している実物を見た。

全長八三・四センチのサーベルで、刀身のほぼ中央部に歯こぼれが見られた。事件発生直後、路上に投げられたサーベルを拾って津田の背部を北賀市という車夫が斬《き》っているので、その折の歯こぼれか。いずれともわからない。かなり強く打ちおろしたらしく、いずれにしても皇太子の頭《ず》蓋《がい》骨《こつ》は傷ついたはずである。

このことを思い出した私は、発掘された遺体の頭蓋骨にその痕跡が残っているのではないか、と思った。

皇太子の出血は甚だしく、道に面した呉服太物商永井長助の店の前に置かれた縁台に坐って、応急手当を受けた。接伴役の有栖川宮《ありすがわのみや》が渡したハンカチを傷口にあて、随行のロシア医官が傷を洗滌《せんでき》した。記録によると、縁台の上にはつぎはぎだらけの浅黄木綿の小さな座ぶとんが置かれていて、それも血に染まっていたという。

その後、新聞にはロシアから調査のため学者が来日したことなどが報じられていたが、遺骨が皇帝のものと確認されたという記事はなかった。

果してどうであったのか。それが胸に痼《しこ》りのように残っていて、大津市歴史博物館に電話をかけてみた。あいにく月曜の休館日で、用件を話すと、電話口に出た館員は、大津事件を調べている主任学芸員は樋爪修氏だという。

翌日、あらためて電話をし、樋爪氏と話し合った。氏の話によると、大津事件の関係資料は県立琵琶湖文化館に保管されていて、私の質問事項については文化館の学芸員土井通弘氏がレポートにまとめているので、ＦＡＸで送るという。

すぐにＦＡＸが送られてきて、事情がはっきりした。

ロシアからは現代史専攻の史家などが滋賀県庁に調査のため訪れてきたが、かれらが遺体確認のため重視しているのは、血染めのハンカチで、そこにしみついた血液と遺骨をＤＮＡ鑑定によってたしかめたいという。

貴重な資料であるハンカチの一部を切断せずに調べる、いわゆる非破壊法での検出は困難であることがあきらかになり、結局は、一部切断を県庁が許可し、それを調査団はロシアに持ち帰った。

その後、ロシアの調査担当官からハンカチに染《し》みついた血液のＤＮＡ鑑定と遺骨の

ＤＮＡ鑑定が一致しなかった、というＦＡＸが入ったという。

土井氏は、貴重な文化財が一部切断されたことは、「誠に遺憾」と記している。

火事のこと

「火事と喧嘩《けんか》は江戸の華」と言われるが、たしかに江戸には火事が多く、それも大火が頻発している。風下の家屋をこわす破壊消防であったので、火流が広範囲にひろがったのだ。

しかし、時代が下って戦前の、私が少年時代であった頃も、私の生れ育った東京の下町にぞくす町には火災がひんぱんに起った。

現在では、火災発生を住民が電話の一一九番で急報するが、当時は消防署に附属した望楼から見張りの署員が火災を発見し、消防車が出動した。

家屋は二階建てがせいぜいで、家並が低かったので町の隅々まで望見することができ、煙が立ちのぼるのを見て火災の発生を知る。焚火《たきび》をしていて、消防車がやってきたこともある。

望楼の中央にガラス張りの四角い小さな部屋に似たものがあり、署員がその周囲を歩きながら町を見まわしている。或《あ》る夜、望楼を見上げると、空を明るませている丸い月を、署員が足をとめてながめているのを眼にしたこともある。

火災を発見すると、望楼に吊《つ》りさげられている鐘を署員が打ち鳴らして火災発生を告げ、消防自動車がサイレンを鳴らして走り出てゆく。

サイレンの音を耳にした私は、すぐに物干台にあがる。その頃は、家屋が軒をつらねていたので空地が少く、洗濯物を干す物干台が家々の屋根の上にもうけられていた。

火事が近いのを知ると、私は物干台から急いでおり、家並の間を走ってゆく。すでに消防車が来ていてホースから水が放たれ、道を遮断する縄の内側で火事を観《み》る。

炎とともに噴きあがっていた黒煙が、白く変ってゆくと、「水が入った」と、人々は言葉を交す。それは鎮火が近いことをしめすもので、火勢は衰え、やがて火は消える。

自転車に乗って隣町まで観に行ったこともあるが、火事は他人事《ひとごと》ではなかった。

父は、ふとん綿に使われる綿の製造工場と綿糸紡績工場を経営していたが、綿は、綿火薬というものがあるように引火性が強い。原料の棉花《めんか》の中に針金などの金属がまじっていると、機械で摩擦して火花を発し、棉花に引火する。そのため父は、工場に大型の消火栓を据え、消防車同様の強力な放水のできる布製のホースを、即座に使えるようそなえつけていた。

生家の前の道をへだてた地に、製綿工場があり、工員さんたちの会話で、時折り工場内で火が出ることを耳にしていた。電燈線《でんとう》のコードの上に綿埃《ぼこり》が分厚く附着していて、機械から発した火が、その綿埃に移って移動してゆくという。

「鼠《ねずみ》がね、コードの上をするすると渡ってゆくようにね」

と、工員さんが私に説明してくれ、しかしね、と言って、

「決して慌《あわ》てちゃいけない。心を静めて始末することが肝要なんだ」

と、言った。

ある日、友だちと家の前で遊んでいると、工員さんの一人が両手に山盛りになった棉花をのせてゆっくりと工場から出てきた。棉花の頂きから、黒く細い一筋の煙が、ゆらぎながらのぼっている。

かれは私に、

「大きなバケツに水を入れて持ってきて」

と、落着いた声で言った。

私が急いで水をみたしたバケツを手にもどってくると、かれは煙の立ちのぼる棉花

を水に押し沈め、何事もなかったように工場の中にもどっていった。

棉花を水につければ、それでよいというわけでは決してない。棉花の繊維は、内部が細い袋状になっていて、しかも棉花は脂肪をふくんでいるので水が浸透せず、火は内部に残る。そのため、日がたっても再び発火するので、そのため棉花は水につけたままにしておく。

そのように工員さんたちは火になれていて、隣接の家で火災が起きた時には、工場長の指揮で工員さんが工場の屋根にのぼり、消火栓のホースの水を適当と思われる個所に放ち、消防署から賞状をもらったこともあった。

昭和十年、八歳の初冬に家からはなれた日暮里駅に近い紡績工場が全焼した。父はその工場の管理を長兄に託し、祖母が工場附属の住宅に住んでいた。

その工場にも消火栓が据えられていたが、火のまわりがはやかったらしく、火はひろがった。父は物干台にあがって遠く火の手のあがるのを見ていたが、家にもどると、仰向けになって寝ころんだ。だめだ、だめだと父は天井に眼をむけながら繰返し言っていた。

後に戦死した商業学校に通っていた兄が駈《か》けてゆき、やがて祖母の手をひいてもどってきた。祖母は裸足《はだし》で、持ち出した位牌《いはい》だけを手にしていた。その火事は、日暮里の大火として新聞に報じられた。

これで父は破産するのかと思ったが、工場に火災保険がかけられていて、隅田川、荒川をへだてた地に工場が再建された。敷地は広く、工場も大きかった。

母についで父は、終戦の年の暮れに病死し、戦後は兄と三兄が紡績工場を、次兄が製綿工場を経営していた。

兄たちは、絶えず火災に注意し、それぞれの工場に消火栓を据え、定期的に防火訓練をおこなっていた。

私は結婚し、間借りをしたりアパート暮しをしたりした後、東京の郊外に建坪十五坪の家を建てて住んだ。紡績工場が全焼した折のことを思い、即座に家屋と家財に火災保険をかけた。

さらに小型の金庫を購入し、押入れの中に据えた。空襲で家が町とともに焼尽した時の記憶が、よみがえったからである。焦土で所々に残っていたのは金庫だけで、傾いているものもあった。火熱が完全に消えた頃、父が金庫の扉をあけると、内部のものはすべて残っていて、父はそれらを取り出した。その時から、金庫は家に不可欠のものという思いが、胸にしみついていたのである。

安月給の私が金庫を持っているのは不自然らしく、年長の作家から、

「中になにを入れているの」

と、笑われた。

「郵便貯金の通帳と、それに書きかけの原稿……」

私は答えたが、笑われた意味が十分には納得できなかった。

その頃、兄や弟たちとその家族で、伊豆《いず》の伊東温泉に旅行をした。

一泊して旅館を出ようとした時、次兄の妻が坐《すわ》ったまま動かないのに気づいた。

「早く出ましょうよ」

私がうながすと、嫂《あによめ》が、

「おかしい」

と、かたい表情をしてつぶやくように言った。

「なにがですか」

私が嫂の顔を見つめると、

「なにかが燃えている」

と、嫂は答えた。

嫂が無言で立ち上り、階段を上ってゆくのを私は追った。

嫂が一つの部屋の前で足をとめ、襖《ふすま》をひらいた。

客が旅館から出て行ったばかりらしく、座ぶとんが畳の上に乱れて散っていたが、その一つから紫色の煙が一筋立ちのぼっている。煙草《たばこ》の火でも落ちていたのだろう。私は、すぐに部屋の電話で帳場に報《しら》せ、番頭や女中が駈けつけてきて、火を揉《も》み消した。

それを見守っていた嫂が、

「消したからと言って、座ぶとんをそのままにしていたら、また発火しますよ。庭に水をみたした盥《たらい》を置いて、一月ほどそれにつけたままにしておきなさい」

と、かなりきつい口調で言った。

私と嫂は、玄関で待つ兄たちの所に行き、嫂が階上の部屋のことを話した。

「よくわかった。さすがだ」

次兄が、嫂の肩をたたいた。

製綿工場を経営する次兄の妻は、棉花の燃える臭《にお》いに敏感なのだろう。

私たちは、駅の方へ歩いていった。

小津映画と戦後の風景

最近、多くの名作を遺《のこ》した映画監督小津安二郎氏の作品が、テレビで放映されている。主として戦後に制作された映画群で、当時は地味な作品だと思って余り興味はいだかなかったが、今あらためて観てみると、高い評価を得ていた監督の作品だけに滋味あふれる秀《すぐ》れたものがある。

出演している俳優は、ほとんどがすでにこの世にはいないが、演技力のたしかな人が使われている。私も年齢《とし》相応に人の名を思い出せないことが多いが、不思議にも映像を観たとたん、俳優の名がすぐに頭にうかぶ。女優では飯田蝶子、三宅邦子、吉川満子、東山千栄子、坪内美子、男優では坂本武、日守新一、中村伸郎、斎藤達雄、菅井一郎など。

戦後の町の風景が背景に映されているが、映し出されている家はほとんどが木造で、二階建てがちらほら見える程度で家並は低い。屋根の上に物干台がつくられていて、私などもそこから両国の花火が遠く打ち揚げられるのをながめたり、夏など大人たちはそこでビールを飲んだりして涼をとっていた。

服装は、さすがに女性に和服姿が多いが、現在と際立《きわだ》った差異はみられない。男性も、あらためて背広というものに流行がないことを感じるが、肉体労働に従事する以外の人は、必ずソフトと称された帽子をかぶっていた。夏にはパナマ、カンカン帽であった。

私の住んでいた下町にも帽子屋が所々にあって、ウインドウにソフトやパナマ帽が飾られていた。戦争が激化する頃になると、ソフトの縁の先の部分だけを残して、戦闘帽のように改造したものを、男たちはかぶっていた。

家の中の電話が、しばしば映し出されている。居間の電話は卓上電話、それ以外は廊下などの壁に掛けられた電話である。むろんダイヤル方式で、ダイヤルをまわして細長い牛乳瓶に似たような形をした黒い受話器を耳にあてる。

ダイヤルをまわす指先を見ていると、六回まわし、それで相手に通じたことがわかる。

私の生家は繊維工場を営んでいたので、電話が二本あって、一つは卓上、他は壁掛けのものであった。

ダイヤル式の根岸局四一八一と四一八二番。ある脳専門の学者が、年老いると記憶が脳という容器に収容しきれなくなって、新たに入ってきた記憶が容器からあふれ出て、その代わり幼い折の記憶は容器の底に沈澱《ちんでん》したままになっている、と言った。その話を裏づけるように、私は生家の電話番号をはっきりおぼえている。

当時、商家以外の家に電話があることは稀《まれ》で、それらの家では、連絡する場合には手紙や葉書を書き、急用の折には電報を打った。

それでも電話をかける必要が生じて、それらの電話のない家の人たちは、私の家の電話を利用した。名刺などに(呼)と印刷されたりしていたが、(呼)の電話番号は私の家のそれであった。

そのような電話がかかると、私は母に言われてその家に走ってゆき、それを告げる。決して母は迷惑がらず、やってきた人も御礼の言葉を口にするものの、当然のように受話器を手にしていた。

電話というと、戦史小説を書いていた折、鹿児島県の加治木町の町長であった曾木隆輝という人に取材したことを思い起こす。

戦時中、日本は同盟国であったドイツと潜水艦を往来させることで連絡をとっていたが、電話はアメリカ側に傍聴されていたことから使用されていなかった。

一つの案が出されて、当時、ドイツに置かれていた日本大使館の館員であった曾木氏と、外務省に勤務していた鹿児島県出身者の間で、早口の鹿児島弁で通話し合った。それを傍聴していたアメリカ情報部では内容が全く理解できず、その電話による連絡は見事に成功した。

昨年、鹿児島市に旅をした私は、曾木氏がすでに亡《な》くなられているのを耳にした。氏は、片足の不自由な長身の、温和な眼をした知的な方であった。

浜千鳥

私は、平々凡々な生活をしている。

朝は八時に起きて三十分後に食事をし、十二時半に昼食、午後六時に夕食をとり、それから読書をしたりぼんやりとテレビを観たりして九時から酒を飲み、十二時には就寝する。

小説の執筆に取り組んでいる時は充実感があるが、それを書き終えると、全く空白な時間が訪れてぼんやりとすごす。なにか小説を書こうと思うが、素材がいっこうに浮かばず、ただ書斎の窓から庭をながめているだけである。

時には外に出て近くの駅に行き、ガード下に三層に作られた商店街を目的もなく歩くこともある。多様な商品を売る店がつらなっていて、買物客でにぎわっている。エスカレーターの下に数人が腰かけられる椅子《いす》が置かれていて、同じ顔ぶれの七十年輩の男が三人並んで腰をおろしているのを眼にするようになった。かれらは話し合うわけでもないようで、人の流れに眼をむけ、煙草をすったりしている。

その三人を何度か見ているうちに、私の胸に短篇小説の構想が浮び上ってきた。三人は互いに見知らぬ者同士であったが、時間を持て余してその椅子に坐る間にさりげなく言葉を交すようになり、いつしか時間を定めてその場にやってきて並んで坐る。それぞれに生きてきた過去があり、現在の生活もある。そこに一つのドラマを持ち込めば、小説の世界がうまれる。

私は、書斎の机の前に坐ってあれこれと考え、小説の筆をとる。

このようにして、私は小説を書いてきた。眼に映じたもの、耳にしたこと、書籍等の活字で知ったことに一瞬触発されて小説の素材をつかむ。それは絶えず私が小説のことを考えているからで、獲物を探しまわる飢えた野獣に似ているのだろう。

昭和四十四年春、「家の光」編集次長の山泉進氏と岩国市におもむいた。同誌に岩国市についての紀行文を書くためで、錦帯橋《きんたいきょう》を渡ったり飼われている白蛇を見たりして、夜は宿屋で「五橋」という銘柄の地酒を飲んだことなどを思い出す。

「柱島に行ってみませんか」

山泉氏が、言った。

その頃、私は、「戦艦武蔵《むさし》」という小説を書いて以来、主として海軍の戦史小説を多く書いていて、瀬戸内海の軍艦が碇泊《ていはく》する大泊地の柱島についても書いたこともあったが、実地に足をふみ入れたことはなかった。そうした後めたさをいだいていた私は、この機会に同じ岩国市にぞくすその島に行ってみよう、と思った。

私たちは、翌早朝、小さな定期船に乗って岩国港をはなれ、柱島に行った。

島の人から戦時中、多くの軍艦が島に近い海面に碇泊していたことをきき、さらに「大和」「武蔵」につぐ大戦艦「陸奥《むつ》」が、その泊地で原因不明の爆発によって沈没したこともきいた。

他に見る場所もなく、「陸奥」が爆沈した海面を見に行くことになった。

小型の漁船を雇い入れて海を進み、小さな無人の島——続島《つづき》の砂浜についた。

その浜から南方五キロの海上で「陸奥」が爆沈し、浜には「戦艦陸奥英霊之《の》墓」という文字のきざまれた碑が立っていた。碑文には、艦長以下千百二十一名が爆沈によって死亡したと記されている。

私は、なにか冷雨に打たれて立っているような沈鬱《ちんうつ》な気分になった。人気の全くない侘《わび》しい砂浜、そこに素気なく立つ石碑。それは千名を越える死者を弔うものではあるが、香華《こうげ》を手向ける者はなく、潮風にさらされて立っている。

私の眼に、細い脚を小刻みに動かして波打ちぎわを歩く浜千鳥が映った。唯一《ゆいいつ》の動いているもので、その動きをぼんやりと眼で追っていた私は、おびただしい死者の悲痛な声が自分の体に降りそそいでいるような感じにおそわれた。

爆沈という事実は戦時中、第一級の機密事項として極秘にされ、戦争が終結してその禁が解かれはしたものの人の関心をひくこともなく、わずかに小島のはずれに立つ一基の石碑によって、その痕跡《こんせき》が残されているにすぎない。

尾をせわしなく上下して歩く一羽の浜千鳥。その姿に、私は自分をつつみこむ死者たちの声にこたえるために、爆沈という事実をしらべあげて小説に書く義務を課せられているように感じた。浜千鳥という小鳥の姿に、私は書かねばならぬという意欲をいだいたのだ。

歩いて調べる、それは思いもかけぬ労の多い長い旅であった。爆沈の事実は、濃密な闇《やみ》につつまれていて、その中を私は手探りで進み、実情の一端を知る人を探し出して話をきき、さらに他の人を訪れる。

爆沈を、近くに碇泊していた軍艦から目撃した海軍の将兵、遺体の収容にあたった水兵たち、辛うじて爆沈時に奇蹟《きせき》的にも死をまぬがれた「陸奥」の乗組員たち。戦時の機密資料にも眼を通すようになったが、そのうちに「陸奥」の事故が旧海軍での唯一の爆沈事故ではなく、他にも同様の事故があったことを知って驚いた。日本海海戦でロシア艦隊を潰滅《かいめつ》させた連合艦隊の旗艦「三笠《みかさ》」は、佐世保軍港に帰還したが、その直後、「小爆発ニヨル火災発生後、大爆発」を起して爆沈している。その記録には、軍港の海面にわずかにマストだけが突き出ている「三笠」の沈没した鮮明な写真も添えられていた。

さらに記録を丹念にあさるうちに、二等巡洋艦「松島」、巡洋戦艦「筑波《つくば》」、戦艦「河内」がそれぞれ爆沈し、修復した「三笠」と装甲巡洋艦「日進」は共に火薬庫で火災事故が発生しているのを知った。

闇の中から思いもかけぬ事実が現われたことに、私の驚きは大きく、しかもそれらの事故が乗組員の放火またはそれに準ずるものによって発生したことに茫然《ぼうぜん》とした。「陸奥」爆沈直後、ただちに事故原因を究明する海軍の査問委員会が設けられ、秘匿《ひとく》のためM査問委員会と称された。私の調べたかぎり委員は、軍事参議官塩沢幸一海軍大将委員長以下九名で、それらは海軍各部門の最高権威の人たちであった。

「陸奥」の爆沈は日本海軍の根底をゆるがす衝撃的な事故で、委員たちはあらゆる原因を想定して徹底した調査をおこなった。かれらの念頭にはひそかに、過去の爆発事故が乗組員の悪《あ》しき行為によって発生したものであるという考えはあったが、他に原因があるとして考究につとめた。もしも乗組員の放火であるとすれば、厳正な海軍の栄光をうちくだくものであり、意識してそれを避けていた。

しかし、原因追及の段階で早くもある一人の人物が浮き上った。爆沈した「陸奥」の船体を潜水調査した方（当時技術少尉《しょうい》）が、

「あれから二十七年もたっているのですから、もう名を明かしてもいいでしょう。あの名前だけは一生涯忘れません」

と私に言って、ある姓を口にした。

その後、私は姓のみでなく名前も知ったが、この事故を書いた「陸奥爆沈」と題する小説の中では、Qという仮名にした。プライバシー尊重のためで、たとえば吉川という姓だとしたら、通常はヨシカワだが、キッカワと呼ぶこともある。その人は、ヨシカワではなくキッカワで、イニシャルのKを使わず、Qとしたのである。

Qは第三番砲塔員の二等兵曹で、爆発を起したのは第三番砲塔直下の火薬庫であった。

Qは盗癖があり、さまざまな証言によって事故前に何度か乗組員の所持する金品を盗んでいたことが明白になっていた。その事件の調査を担当した大尉と衛兵伍長《ごちょう》がQを事務的に訊問《じんもん》し、本格的な追及をするため近くに碇泊している戦艦「大和」におかれた艦隊司令部に行き、法務大佐の来艦を請《こ》うた。

その時、「陸奥」に爆発が起った。推測するにQは、大尉と衛兵伍長が「大和」に行ったことで自分の犯行が発覚する恐れがあると考え、罪状湮滅《いんめつ》のため火薬庫に入って火薬に火を点じた。その裏づけとなったのは、Qが第三砲塔から火薬庫に入る、限られた者しか知らぬルートを熟知していたことにあった。

Qの身辺に対する徹底した調査によって、査問委員会はQ二等兵曹の放火による疑い濃厚と判定したが、Qの姿は生存者の中になかったので、それ以上の究明の手がかりはなく調査は終了した。

私は、Qの生れ育った村にも行ってみた。村人の話によると、かれらは理由を全く知らなかったが、「陸奥」爆沈直後に相当する時期に、憲兵等がQの家の捜索をし、天井裏まで調べたという。査問委員会は一応Qの生存も念頭において、徹底した捜査をしたことを知った。

私は、これらの事実経過を小説「陸奥爆沈」と題して書き、それは単行本として出版された。小説というよりは私の探査記録であり、ドキュメンタリーの範疇《はんちゅう》に入るのだろう。

その頃、遺族たちの悲願にこたえて「陸奥」の引揚げが企てられ、実施に移されたことが新聞に報道されるようになった。作業は着実に進行し、やがて主砲をはじめ砲塔も海面に姿を現わしたという記事も掲載された。

ある夜、就寝して間もなく電話のベルが鳴り、目をさました私は、寝室を出て受話器を取った。

かけてきたのは新聞社の社会部記者で、「陸奥」引揚げを専門に取材していると言い、左のようなことを口にした。

第三番砲塔直下の火薬庫爆発によって艦から吹き飛んだ砲塔が引揚げられ、近くの島に陸揚げされたが、内部に遺骨が散乱しているのが認められた。複数の乗組員の遺骨かと思われたが、専門家の手によって組合わせてみると、一体であることが判明した。

その遺骨のかたわらに二個の印鑑が発見されたが、と記者は言い、

「吉村さんが『陸奥爆沈』の中で、査問委員会がQ二等兵曹の放火とほぼ判定したと書かれていますが、Qとは」

と言って、印鑑に刻まれている姓を口にした。

再び書くが、私がその姓をQとしたのは、たとえば吉川《きっかわ》のきから、Qと名付けたものなのだが、記者はヨシカワという姓ではないのですか、と言った。

一瞬、私は背筋に冷いものが走るのを意識しながらも、Qの遺族のことを思った。私が、そうだと答えれば、それは新聞に掲載され、遺族は身のすくむ思いで苦しみもだえるだろう。

「ちがいます。ヨシカワではありません」

私は、落着いた声で答えた。

なにも私は、嘘《うそ》を言ったのではない。Qの姓はキッカワであり、ヨシカワではない。記者の落胆する声がし、深夜電話をかけてすみませんと詫《わ》び、受話器を置く気配がした。

私は、そのまま電話機の前に立っていた。

容易に想像されるのは、火薬庫に侵入したQは、放火後ルートを逆もどりし、砲塔に入った時、爆発が起き、かれの体は飛散した。遺骨は砲塔の中に散ったままで、二十七年後に砲塔とともに海面に浮上し、所持していた印鑑も人の眼にふれた。(乗組員は給与の受領等で印鑑を所持するのを常としていた)

新聞記者からの電話で私は、査問委員会の判定が正しかったことを知った。

その後、私は引き揚げられた主砲その他が収容されている場所を訪れた。それは江田島の一部で、錆《さ》びた巨大な主砲に胸が熱くなった。

収容場にはプレハブづくりの事務所があって、その一隅に、発見された多くの遺品が並べられていた。

その中に砲塔内から発見された二個の印鑑があった。一つはQのフルネームの白い印鑑、他は姓のみが刻まれた三文判であった。

これを眼にしたことで、私の調査は確実に終った。

砂浜をせわしなく細い脚で歩いていた浜千鳥の姿。それを眼にしたことに触発された、一年余の調査の旅であった。

あかるい月夜

四十歳の頃から十数年、夜になると主として新宿を飲み歩いた。

それ以前も、会社勤めをしていた私は、新宿の厚生年金会館の道をへだてたビルの二階にある事務所に通っていたので、安いバーや小料理屋で飲むことも多く、新宿はなじみ深い町であった。

会社勤めをやめて本格的に小説を書くようになってから、西武線沿線の自宅から夜の新宿に出て飲み歩くようになった。小説家や編集者と出会うことも多く、区役所通りから入った路地のバーの奥で、野間宏《ひろし》、安部公房、井上光晴の諸氏が飲んでいるのを眼にしたこともあった。

ある夜、そのバーのカウンターで飲んでいると、隣りの席でフランス文学者がフランスの高名な映画監督と飲んでいた。二人はさかんに会話を交していたが、十二時近くになると監督が言葉少くなり、落着かなくなった。その気配に、監督が夜もふけたのに飲んでいるのをひどく不安がっているのが感じられた。

文学者は、監督になにか言葉をかけ、不安がる必要はないと言っているようだったが、監督は落着かず眼におびえた色をうかべていた。

文学者が立ちあがり、監督を連れてドアの外に出ていった。

程なく二人はもどってきたが、監督の表情は別人のように明るく、はずんだ声で再び飲みはじめた。

文学者が、店の女経営者に説明した。フランスでは深夜、町のバーで飲んでいるのは危険で、監督は早くホテルにもどりたいとしきりに言った。そのため監督を連れてバーから道に出ていった。そこには男たちにまじって女たちがぞろぞろ歩いていて、その姿をみた監督は夜の町も安全であるのを知り、安心してバーにもどってきたのだという。

新宿は夜おそくまで歩いていても安全な町であった。

その頃、私は小料理屋で飲んでからバーに行くと、一時間ほどで腰をあげ、次のバーに行くのが常であった。いわゆる梯子《はしご》酒で、そうしたことからいつしかなじみの小料理屋やバーが年を追うごとにふえていった。

今でも「週刊新潮」にそれぞれの人の趣味、たとえばゴルフとか魚釣りなどを紹介する欄があるが、それを担当する婦人記者の訪れをうけた。記者は、私が新宿になじみの飲み屋が百はあるときいているが、事実かと言い、問われるままに私は地図を前に店名を口にし、七十ほど答えたところで、よくわかりましたと言われた。それらの店は、ただのぞいただけの店ではなく、いわゆるなじみの店であった。

フランス文学者が映画監督と飲んでいたバーの近くに「紫光」という鮨屋《すしや》があって、そこでもよく飲んでいた。

ある夜、新潮社の文芸編集者の田邊孝治氏と飲んでいると、店の外が騒がしくなった。

「火事だ」

という声がきこえ、私と田邊氏はあわただしく払いをすませて店の外に出た。

「紫光」の横の路地を入ってゆくと、二階のバーの一つから煙がふき出ている。私と田邊氏は、細い道をへだてた家の角に立って、それをながめていた。

夜もおそいのでそのバーには客がいないらしく、煙の出ているバーに通じる階段のドアもしまっている。バーから炎が見えはじめた。

通報があったらしく、遠くで消防車のサイレンがきこえ、またたく間に近づいてきた。バーの経営者らしい女が駈《か》けてきて、炎のふき出しはじめたバーを見上げ、田邊氏に、

「持ち出したいものがあるのですが、二階にあがれませんでしょうか」

と、息をはずませて言った。

「無理だね、この具合じゃ」

田邊氏は、バーを見上げながら答えた。

消防士たちが荒々しく路地に入ってきて、ホースを手にドアをたたきこわし、階段をあがっていった。

放水がはじまり、警察官も姿をみせた。盛り場での火事なので、私たちの前を消防士や警察官があわただしく行き交う。いつの間にか路地の入口に綱がはられ、その向う側には多くの人たちが重り合うように立っているのが見えた。

田邊氏と私は、あきらかに警察関係の人と思われているらしく、警察官も消防士も私たちに声をかける者はいない。バーの経営者である女は、私たちの傍わらに身をふるわせて立っていた。

バーの二階でホースから放たれる水のすさまじい音がし、物のこわれる音もしている。窓はすべて割られ、そこから水のしぶきが道に落ちてきた。

私と田邊氏は、その場に立ちつづけていた。

やがて鎮火し、階段をおりてくる消防士もいた。

「行きましょうか」

しばらくして田邊氏が体を動かし、私たちは路地の入口にむかった。綱がとかれ、私たちは見物人を押し分けて道路に出た。

夜もかなりふけていたので、私は田邊氏と飲み直すこともせず、大通りに出てタクシーに乗った。

タクシーは、青梅《おうめ》街道を走った。

空が明るく、いい月夜だ、と思った。生れ育った下町にぞくす町には火事が多く、半鐘《はんしょう》の音がすると現場に走った。火事を間近かに見たのは久しぶりで、経営者の女性は今頃どうしているのか、と思ったりした。

空の明るさが奇妙で、その明るさが月のためではないことに気づいた。夜が明けはじめているのを知った。

家の前に、タクシーがとまった。朝早い隣家の主婦が、道を掃除している。

下車した私は、

「お早うございます」

と挨拶《あいさつ》して、玄関のブザーを押した。

ネグリジェ姿の妻がドアをあけてくれ、

「どうしたんです。交通事故にでも遭ったのではないか、と心配していました」

と、言った。

夜飲んで、おそくなっても午前二時をすぎることは稀《まれ》で、朝帰りは初めてであった。

朝帰り　行くときほどの智恵《ちえ》は出ず

という川柳があるが、たしかに帰ってきた時も智恵が出ず、理由をくどくどと話すのも面倒で、衣服を脱ぎ、ふとんにもぐり込んで眠った。

田邊氏と飲んでいた鮨屋は兄弟がやっていて、その後も足をむけ、弟が支店を出してそこにも田邊氏と行った。しかし、十年ほど前からその店にも行くことはなく、第一、新宿で飲むことは絶えてなくなった。

現在の新宿は私のなじんだ町ではなく、全く変貌《へんぼう》している。大通りをタクシーで過ぎる時、ギラギラと悪どい色の光があふれる道をのぞき見るだけだ。

トンボ

四十歳になるかならぬかの頃、子供連れで福井県の三方《みかた》五湖に近い海浜の民宿に泊ったことがある。

民宿の主人が船を出して、宿泊客を近くの島に連れていってくれた。島の船つき場の海には、小鯛《こだい》の稚魚が群れていて、海のすき通った清らかさに感嘆した。

民宿の近くに沢があって、私はそこで、少年の頃大ドロと呼んでいた鬼ヤンマを見た。雌雄二匹で、からみ合いながら飛んでいる。

戦時中、少年であった私はそのトンボを見なれていたが、終戦後は全く眼にすることとがなかった。日本で最も大型のトンボと言われているだけに、まことに逞《たくま》しく、黒に黄色の縞《しま》がある体が、あたかも鎧《よろい》を身につけた野武士のようにみえた。

鬼ヤンマは、一瞬激しく乱れ合うと素早く飛び去った。

現在では、赤トンボのたぐい、稀には麦藁《むぎわら》トンボ、塩辛トンボを眼にするだけだが、少年時代には鬼ヤンマをはじめ尾の青く美しい銀ヤンマ、チャンと称された尾が茶色い雌も多くいた。

夏になると、私はそれらのトンボを捕ることに熱中した。

駄菓子屋で細長い竹を売っていて、それをまわして先の方に黐《もち》を塗りつける。麦藁トンボなどは、枝や草の先端に水平にとまっているが、ヤンマはその種属の高貴さをしめすように高い樹木の梢《こずえ》に、尾を垂らしてとまっていた。

そのため駄菓子屋で買い求めた細い竹に、ツナギと称した竹竿《たけざお》をつないで梢のヤンマをねらうのである。

生れ育った町の高台に広大な谷中の墓地がひろがっていて、私は、梢を見上げながら墓地から墓地へ縫うように歩いた。

ヤンマの姿を眼にすると、黐のついた竹に竿をつぎ足し、慎重に樹木の梢にのばしてゆく。

トンボには複眼の大きな眼があって、それが少しでも動けばのびてくる竹に気づいた証拠で、飛び去る。そのため眼とは裏側の背の部分にのばしてゆき、竹の黐を体や翅《はね》に押しつける。日に三、四匹のヤンマを捕えた。

夏も終りに近づくと、改正通りと称された町なかを貫く広い道路の上空を、銀ヤンマと雌が群れをなして流れるように飛ぶのが常であった。交尾期ででもあったのだろうか、おツナガリと言われた雄と雌が交尾したまま飛ぶ姿もあった。

少年たちが、黐のついた竹を伏して待ち、ヤンマの群れがやってくると、一斉に竹を立てて振る。ヤンマを捕えられるのは、十人に一人程度であった。

横山隆一氏の漫画「フクちゃん」に、この情景をえがいたものがあった。ノクちゃんは、多くの少年たちと竹を立てて必死になってふるが、だれもヤンマを捕えられない。群れが去った後、ぼんやりと立つ幼いキヨちゃんの短い竹に、ヤンマがかかっているのを見て、一同唖然《あぜん》とするという絵であった。いかにもありそうなことで、可笑《おか》しかった。

谷中の墓地は、トンボ捕りの恰好《かっこう》な地で、私は、連日のように歩きまわっていた。ある日の早朝、墓地に入ると、今は焼けてない五重塔の近くに二、三名の警察官がいて、縄が張られていた。

異様な雰囲気で、恐るおそる縄の張られた中をうかがってみると、墓石のかたわらの松から白いものが垂れさがっているのが見えた。白い着物を身につけた若い女性で、白い帯を松の枝にかけて、縊死《いし》している。

素足の伸びきった先端がわずかに地面にふれていて、私はトンボ捕りどころではなく、逃げるようにその場をはなれた。

墓地には政治家、軍人、演劇人などさまざまな人の墓があったが、上野寛永寺に近く、塀にかこまれた由緒《ゆいしょ》ありげな広い墓所があった。後に知ったことだが、それは最後の将軍徳川慶喜《よしのぶ》の墓所で、入口には錠のついた鉄製の扉があり、その隙間《すきま》から内部をのぞき見るだけであった。

ある日、その裏手の塀ぞいの道を歩いていた時、不思議なものを眼にした。

どのようにして墓所内に入ったのか、塀の内側に背を押しつけて顔をのけぞらせた若い女が見えた。思いがけず顔の下には坊主《ぼうず》刈りにした紺色の背広を着た男の頭部があり、男の体が律動し、女の顔も上下に揺れている。

私には、それがなにを意味するのかわからなかったが、なにやら切迫した気配に空恐しさをおぼえ、そうそうにその場をはなれた。

後になって、男が坊主刈りにしていたことから、男が入営、または出征する直前で、別れがたい女を誘って墓地に入り、情をおさえきれず女を抱いたのではあるまいか、と思った。戦争が激化しはじめた頃であった。

やがて、空襲がはじまるようになり、終戦の年の四月中旬の夜、私の住んでいた町に大量の焼夷弾《しょういだん》がばらまかれ、私は、家を出て谷中の墓地に身を避けた。

トンボ捕りをしていた頃は墓地で出会う人はほとんどなかったが、避難してきた人が道にも墓所にも充満していた。空は炎の反映できらびやかな朱の色に染まり、人も墓石も道も、すべて朱の色に染まっていた。

私が立っていたのは、若い女の縊死した墓地の前の道路であった。

現在でも、年に数回、上野公園へ行くため墓地の中を縫って歩く。当然のことながら、トンボの姿は見たことがない。

闇《やみ》と星

終戦から一年半後、私は喀血《かっけつ》し、肺結核の末期患者として絶対安静の病床生活を送っていた。

活字を読むと眼が疲れて熱い涙が出るので、新聞、雑誌を読むことはせず、ラジオを聴くだけですごしていた。

その頃、街頭録音という番組があって、文字通り街頭でさまざまな問題について市民の意見をきく。戦後の混乱期であったので、それは時宜にかなった番組であったが、そのうちに、特異な人間に焦点をあててその生き方を録音するようにもなった。

編集されたものが夜、放送され、寝たきりの私は、眼を閉じて闇の中からきこえる人の声のように、それを聴いた。

評判になったのは、ラク町《チョウ》のおときさんという街娼《がいしょう》に対するインタビューであった。ラク町とは、上野がノガミと言ったように有楽町の隠語で、駅の周辺にたむろして春を売っていた街娼（パンパンと言った）たちをとりしきっていた、ときという女性へのインタビューであった。

アナウンサーの藤倉修一氏が隠しマイクで録音するが、氏の声は温厚そのもので、それに釣られてインタビューを受ける人はありのままを話す。おときさんも例外ではなく、この夜、収録した話は、二夜にわたって放送されたと記憶している。

この放送を興味深く聴いたが、私としては「ゴミ溜《た》めの哲人」と題した録音の方が、記憶に残っている。この題名も、哲人はまちがいないが、ゴミ溜めであったかどうか。

戦前から終戦後まで、町々には所々にゴミ溜めと称されたゴミ収集箱が道ばたに置かれていた。

家庭から出るゴミを、箱の上ぶたをあけて中に入れる。それを集める箱車がきて、収集箱の側面にある二段がまえの板を引き上げてゴミを引き出し、箱車の中に入れる。食物屑《くず》なども入れるので、異臭がしていた。

「ゴミ溜めの哲人」のゴミ溜めは、上野駅のかたわらに置かれた公共用の大きな収集箱で、紙のたぐいが入っているが、食物屑などは入っていない。

その公共用収集箱に、住居のない男が、一人、夜をすごしていた。

その中年の男を探り当てたＮＨＫが、藤倉アナウンサーにインタビューをさせている。

男の声は甲高く、明るい口調で話をする。箱の中は十分な広さがあって暖かく、風邪をひいたことはない、などと言っている。

私が最も興味をいだいたのは、男が熱っぽい口調で星座について語る話であった。

男は、ガードの上を走る終電車と始発電車の音で時間を知るが、電車の途絶える深夜の時間を、星座を見上げて知るという。

星についての知識はかなりあるらしく、淀《よど》みない口調で北極星をはじめカシオペア、オリオン、ペガスス、さそりなど星座名がつぎつぎに口をついて出て、星座は時間の経過とともに少しずつ円をえがいて移行するが、その仕組みをおぼえていさえすれば、星座の位置で正確な時間を知ることができる。星座は、大きな時計の文字盤なのよ、と男は言った。

男の語る言葉に、私の眼の前には、夜空一面にひろがる星座がうかんだ。おびただしい星を見上げて時間をたしかめる男。まさに哲人にふさわしい男だと思った。

私が星と最も親しんだのは、戦時中、夜間空襲がはじまった頃であった。

警戒警報のサイレンが鳴りひびくと、燈火《とうか》はすべて消され、完全な闇となる。私は防空頭巾《ずきん》に鉄製のヘルメットをかぶって、家の外に出る。敵機の飛来は、好天の夜がえらばれるので、夜空は月夜か、または満天の星であった。

やがて空襲警報のサイレンが鳴って、照空燈の太い光の矢が何条《すじ》も空に放たれ、その光を受けた爆撃機編隊が現われてくる。

高射砲弾の炸裂《さくれつ》する朱色の閃光《せんこう》。その中をジュラルミンの機体を光らせた大魚の群れのような編隊が移動してゆくが、その周囲の夜空には星の光が満ちていた。

夜間空襲がつづき、その度に星空を見上げていた私は、いつしか天文学者を夢見て、初歩的な星の本を好んで読んだりした。夜空を見つめていると、星と星の間の闇に新たに星の光が湧《わ》き出てきて、宇宙には眼にできぬ無数の星があるのだ、とその神秘さに胸がはずんだ。

戦争が終ると同時に、夜空を見上げることはなくなった。

星に対する関心もうすれ、天文学者になるなどということは考えもしなくなったが、「ゴミ溜めの哲人」の放送で、一瞬、夜空にひろがる星を見たのだ。それだけに印象深かったのだが、やがて健康をとりもどし、それも遠い記憶となっていった。

戦後の復興が本格化すると同時に、都会には燈火が年を追うごとに激増し、それと反比例して夜空に星を見ることも少くなった。町の道路は明るく、戦前は無燈火の自転車が処罰の対象となったが、そのきびしさはなくなった。

都会には闇というものがなくなり、必然的に夜空に星の光も見えなくなった。見えてもそれは、淡々とした光の星で、一つか二つ見える程度だ。

数年前、北海道の北端に近い利尻《りしり》島に行ったことがある。

幕末に捕鯨船に乗っていたインディアン系アメリカ人の男が、日本に憧《あこが》れて単身で利尻島に上陸した。鎖国時代の規則で、男は長崎へ送られ、通詞《つうじ》（通訳官）に本格的な英会話を伝授し、アメリカ船でアメリカに帰った。

この人物を主人公に「海の祭礼」という歴史小説を書き、その関係で利尻島での講演を依頼され、出向いていったのである。

会場は公民館で、島の人たちは熱心に話を聴いてくれ、終って公民館の外に出た。

私は、一瞬立ちすくんだ。眼の前に為体《えたい》の知れぬ濃い闇が立ちふさがっている。それは分厚い黒布のような息苦しい闇で、かたく私の体を包み込んできている。

係りの人が、闇の中を歩いてゆき、やがて停められているライトバンの車内燈の光が見えた。その光が動き、こちらにむかって近づいてくる。闇の中を動いてくる光。それは、私を宿所に送りとどけてくれる光だ。

私は、空を見上げた。驚くほど冴《さ》えた星の光が充満している。「ゴミ溜めの哲人」は、このような星空を見上げていたのだろう。終戦直後の東京の闇は濃く、夜間空襲のおこなわれた夜の星空。

そんな記憶がよみがえり、私は闇の幕を押し分けるように眼の前にとまった車の中に身を入れた。

家系というもの

文芸評論家の饗庭《あえば》孝男氏のエッセイを読み、粛然とした思いをいだいた。祖父、父について書いてあるが、お二人とも教育者でその経歴から秀《すぐ》れた頭脳に恵まれていたことが察しられ、学問にはげんだことも知れる。

いずれも「物堅く、勤勉であり、読書を好み、まっとうに生き」ていたが、その割には世間的に恵まれていたとは言いがたい。家産は破綻《はたん》し、借金取りにも追われている。そのような血の流れをついで大学教授にもなっている饗庭氏だが、氏の背後に祖父、父の、一種物悲しい生き方があったことに、私は深い淵《ふち》をのぞきこむような思いがした。

そのエッセイを読んだ私は、その日、なにごともせず書斎の窓から庭をながめてすごした。人間というもの、それはその人間が単独に生きているのではなく、長くうけつがれた血の流れの末にあるものだという思いがしきりで、自らをかえりみた。

私は旧制中学二年生の折に肺結核の初期である肋膜炎《ろくまくえん》におかされ、五年生で再発し、旧制高校に入学して八ヵ月後に喀血して末期患者となった。

幸いにも多分に実験的な手術を受けて死をまぬがれ、大学に入ったものの肉体的な衰えから中途退学せざるを得なかった。

紡績業をいとなむ三兄は、私の将来を心もとなく思い、

「いったい、これからどうやって生きてゆくつもりだ」

と私に言い、私はためらいながらも、

「小説を書いてゆくつもりです」

と、答えた。

その折の兄の呆気《あっけ》にとられた顔は、忘れられない。

「なんということを言うのだ。おれたちの家は代々商家で、そんな血はない。もっと地道なことを考えろ」

兄は怒声をあげ、私を見つめた。小説家になるには、それを産む血の土壌があって、それとは無縁の家に生れた私がそのようなことを考えるのは無謀きわまりない、と思ったのだ。

たしかに私の家系に文学の気配は、全くみられない。

本家は、戦国時代の武将福島正則《まさのり》の千石取りの家臣で、歩行《かち》同心二十人を擁した吉

村又右衛門信顕と言い、主家没落後、浪々の身となった。子の萬右衛門宗感は一族のみの小さな寺を興《おこ》し、以後十六代つづいたが、三代目で分家したのが私の家の初代である。

系譜をたどってみると、初代以後米穀商をいとなみ、盛衰はあったものの商人として生きている。

私の曾祖父《そうそふ》も米屋であったが、明治維新の戦乱がまだやまぬ慶応四年（一八六八）八月四日に殺害されている。曾祖父は、駿河《するが》国富士郡比奈《ひな》村（富士市比奈）で米屋をしていたが、その日掛取りに出掛け、三十五両の金を持って夜、帰宅途中、待ち伏せしていた三人の男に首と右腕を斬《き》られ、金を奪われた。

翌朝、現場を通りかかった魚の行商人が絶命している曾祖父を発見した。殺したのは源蔵と原の亀《かめ》、押出しの某と称された男たちで、捕えられて府中（静岡市）に送られ、源蔵らは牢死《ろうし》したと寺の記録に残されている。

このことについて、私は静岡市におもむいて当時の司法記録を探ってみたが、動乱期であったためか、曾祖父の死の前後四年間の記録は欠落していて、源蔵らがどのような処分を受けたかは知ることができなかった。

曾祖父の死後、祖父は十歳で家をつぎ、曾祖母の助力のもとに商いをつづけていたが、西南ノ役後の米価の暴落で、破産状態におちいった。残されたのは家屋敷だけであった。

祖父は、恋心をいだいていた女性と結婚し、上京して浜町に乾物屋を開いた。商売は思わしくなく浅草聖天《しようでん》町に移って鶏卵専門の商いをしていたが、経験のない商品であったので夏場に腐敗し、店を閉《と》ざした。

東京をはなれた祖父は、甲府におもむいて父祖代々の米を扱う商売をはじめ、さらに甲府で産する棉花《めんか》に注目して綿屋となり、故郷の比奈村にもどった。

祖父は、ふとん綿製造にはげみ、商売は順調で多くの職人をかかえるようになり、借財はすべて決済した。その直後、妻が三十二歳で死亡し、再婚して男児を得た。それが私の父である。

作業場に機械もそなえ、静岡県下の東海道筋では著名な綿屋にまでなった。

しかし、四十五歳の正月に出先で倒れ、急死した。一人息子であった私の父は十三歳で、沼津の町立沼津商業学校に通っていた。

祖父の死後、父は学校を退《ひ》き、遊びまわるようになった。祖母の溺愛《できあい》によるもので、当時珍しかった英国製ラレーの自転車を買いあたえられて、それを乗りまわし、やがて女遊びにもふけるようになった。

父は二十歳で、同年齢の私の母と結婚したが、父の遊蕩《ゆうとう》で家産は傾き、二十六歳の春に妻子とともに追われるように故郷をはなれ、横須賀をへて東京に移った。

小さな作業場を借り、そこにふとん綿の打直し機械一台を据えて、朝三時に起きて夜まで私の母と作業に取り組んだ。

その頃、母の父と叔母が案じて訪れてきて、作業場から出てきた綿埃《ぼこり》にまみれた母を眼にして驚き、母の父は、

「家にもどってこい」

と、言った。

母は、

「子供が可哀相《かわいそう》ですから……」

と、つぶやくように答えた。母は四人の男の子をうんでいた。

母の父はその場をはなれたが、耐えきれず電柱に頭をつけて声をあげて泣き、叔母も泣いたという。

やがて綿職人を雇い、相変らず父は午前三時に起きて作業の下準備をし、やってきた職人と仕事に精を出した。

大正九年、父は三十歳で百二十五坪の借地に工場、住宅を新築し、打直し業からは

なれてもっぱらふとん綿の製造をはじめた。

これらの経緯は、『綿づくり民俗史』（青蛙房）等の著書を持つ次兄が丹念に調べた結果によるもので、それは『雑木林――吉村一族』という私家版にまとめられている。

私が昭和二年五月に生れた時には、父母ともに三十七歳になっていて、二年後に弟が生れ、母は九男一女の母となっている。しかし、二人の兄は、幼くしてすでに死亡していた。

私が物心ついた頃には、家業は順調で、輸入された原棉がトラックで倉庫に運び込まれ、製品が三輪トラックや馬車で連日のように積み出されていた。

そのうちに父は、綿糸紡績の工場を興し、その事業も好調で、やがて戦時を迎えている。その間、私のすぐ上の姉が多くの幼児の生命をうばった疫痢《えきり》で死亡し、唯一《ゆいいつ》の女の子であった姉の死に、母は狂ったように嘆き悲しんだ。

ついで昭和十六年夏には、中国戦線に出征していた四兄が軽機関銃手として戦死の公報が郵送されてきた。その夜、近所に泣声がもれぬように雨戸をすべてかたくとざし、両親と兄たちは激しく泣き、私はふとんにもぐって体をふるわせて泣いた。

すでに母は子宮癌《がん》におかされていて、骨が浮き出るほど痩《や》せこけ、終戦の前年の八月に死亡した。

翌年四月中旬、夜間空襲によって家も製綿工場も焼尽し、荒川放水路を越えた地にあった、すでに休業していた紡績工場に父は次兄と私、弟とともに移り住んだ。終戦を迎え、父はその年の暮に癌でこの世を去った。

父が健康であった頃、近隣で旧制第一高等学校に通っていた学生が縊死《いし》し、町の話題になった。

その夜の食卓で父は、

「あの学生は小説を読みふけり、それで頭がおかしくなって自殺した。小説などは読むものではない」

と、私たちに言った。

私は、そんなものかと父の言葉にうなずいていた。

このことでもあきらかなように、私の家には文学に親しむどころか、それを好ましくないものとする空気があった。私が大学を中途退学した時、三兄が私たちの家系には文学に従事する基本的なものは皆無で、小説を書きたいなどと考えてはならぬ、と激しくいましめたのは家風そのものによるものであった。

そのような家に生れ育ちながら、私がなぜ文学を志し、そのことに自分のすべてを注ぎこんできたのか。肺結核の末期患者として死と隣接する所まで行ったからか、と思いはするものの、それは後になってからの自己解釈で、私にはわからない。

家は代々商家であり、父は商人が人間の生きるまっとうな姿だと思い込んでいた。父は、私が幼い時から商人の素質に欠けていることを鋭く見抜き、兄たちを一人残らず商業学校に通わせたのに、私だけは大学にでも進ませて勤め人にさせる以外にない、と落胆したように言っていた。

その洞察は当っていて、一時期勤め人にはなったものの、父が最もいまわしいと考えていた小説を書く人間に私はなっている。父は草葉の陰で激しく驚き、呆然《ぼうぜん》としているかも知れない。

父が死亡した年齢より私は二十二年も生きている。この年齢に至って、父が商人に徹して生きた姿に多くのものを教えられている。

生きる道は異なっていても、真摯《しんし》に一筋の道を生きた商人の父の仕方は、私の道にも通じている。商いに徹していた父が、私の師表とするものに思えてもいる。

『わたしの普段着』に登場する吉村昭作品収録先一覧

★基本的に文庫版を記載しました。一部、書店では入手不可能な作品もあります。

赤い人　講談社文庫
アメリカ彦蔵　新潮文庫
霰ふる　文春文庫『帰艦セズ』に収録
海の祭礼　文春文庫
海の史劇　新潮文庫
海も暮れきる　講談社文庫
梅の刺青　新潮文庫『島抜け』に収録
敵討　新潮文庫
関東大震災　文春文庫
魚影の群れ　新潮文庫
黒船　中公文庫
高熱隧道　新潮文庫
最後の仇討　新潮文庫『敵討』に収録
島抜け　新潮文庫
彰義隊　朝日新聞社

深海の使者　　文春文庫
戦艦武蔵　　新潮文庫
戦艦「武蔵」取材日記　　文春文庫『戦艦武蔵ノート』に改題して収録
船長泣く　　中公文庫『秋の街』に収録
大黒屋光太夫　　新潮文庫
長英逃亡　　新潮文庫
冷い夏、熱い夏　　新潮文庫
鉄橋　　新潮文庫『星への旅』に収録
ニコライ遭難　　新潮文庫
破獄　　新潮文庫
花渡る海　　中公文庫
漂流　　新潮文庫
北天の星　　講談社文庫
星への旅　　新潮文庫
ポーツマスの旗　　新潮文庫
水の葬列　　新潮文庫
陸奥爆沈　　新潮文庫
夜明けの雷鳴　　文春文庫

解説

最相葉月

東京・日暮里《にっぽり》駅の近くにある、ホテルラングウッドのレストランでコーヒーを飲んだ。日曜だったこともあり、店内は結婚式や同窓会に出席した人々で満席だった。順番待ちをしてようやく座ることができたのである。

ここに来るのは二度目になる。初めて来たのは平成十八年夏の終わり、吉村昭さんのお別れの会が催されたときだ。生前に面識のない作家のそのような集いに参加するのは初めてだったが、一般読者も入場できるようであったことから思い切って出かけてみた。吉村さんの遺志で香典も弔花も受け付けない質素な集いだったが、多くの参列者が吉村さんの逝去を悼《いた》み、夫人の津村節子さんから報告のあった吉村さんの最期の選択に、言葉を失ったのだった。

あれから一年半あまり。再びホテルを訪れ、このレストランの場所がかつて吉村さんが住んでいた隠居所であったことに思いをはせた。家が紡績・製綿業を営んでいて人の出入りが多かったため、吉村さんの父親ががん闘病中の母親を気遣って建てた木造の平屋である。母親は終戦の前年に亡《な》くなり、父親もまた終戦の年の暮れにやはりがんで世を去った。吉村さんは九男一女の十人きょうだいであるが、二人の兄は幼くして亡くなっており、すぐ上の姉もはやりの疫痢《えきり》で死亡し、昭和十六年には中国戦線で四男が戦死していた。いくつもの愛《いと》しい人々の死を経験した人であった。

吉村さんは、ここから戦争を見た。戦火の中、何が失われたのかを見た。戦争を小説の題材にすることにおいて、決して妥協を許さないストイックさはおそらく、物干し台で凧《たこ》を揚げていて東京初空襲の米軍機に遭遇した日から（『東京の戦争』）、自分はこの目で戦争を見てきた、というその揺るぎない事実があったからだろう。

昭和四十一年に発表した『戦艦武蔵《むさし》』で戦史小説の新たな世界を切り開き高い評価を得ながらも、吉村さんは、昭和四十七年の『深海の使者』で早くも筆を断ち、以後は歴史小説へと移行した。その理由は、生存者が減り、体験談を十分に得られなくなったためだとたびたび語っている。

私ははじめ、このことをよく理解できないでいた。というのも、戦争を描くノンフィクション作品が今なお刊行され続けていることをみれば、小説家である吉村さんの基準はあまりにストイックすぎるのではないかと思えたからである。

吉村さんは『戦艦武蔵』を書くために、八十七人に取材を行った。当時を知る体験者は九割生存していた。ところが、『深海の使者』のときに二百人の関係者に会って話を聞き、雑誌に一年半連載して単行本化されたものを献本したところ、彼らのうち二十四人の遺族からすでに亡くなったとの手紙が届いたというのである。死が加速している。「終わったな、と筆を断った」、吉村さんは後年、そう語っている（「日本藝術院会員記録」平成十七年十一月十八日／聞き手・曾根《そね》博義《ひろよし》）。

昭和四十七年でこの判断は、厳しすぎる。『深海の使者』を読んだとき、日本とドイツを結ぶ潜水艦が敵から発見されるのを恐れて何日も浮上できず、乗組員たちが酸素不足に苦しむ姿を、作家として分岐点にあった吉村さん自身と重ねた。取材の煩雑《はんざつ》さ、事実に囚《とら》われすぎることの息苦しさから自由になりたかったのではないかと邪推したこともあった。

だが、吉村さんの晩年の随筆を集めたこの『わたしの普段着』を読みながら、そして、本稿を書くにあたっていくつかの著作を読み返しながら、私は、吉村さんが「見た」ものを自分はなんら「見ていなかった」ことに気がついた。妥協とは、見なかった者の傲慢《ごうまん》である。戦史小説を書いた七年間で、当初は九割だった生存者が半減し、やがて三割、二割……、やむをえないとはいえ、恐るべき事態である。生存者の声をほぼ網羅するように取材し、そこで得られた体験談を軸に据える手法で小説を書き続ける限り、早々にたちいかなくなることは自明である。吉村さんの戦史小説の断筆は、作家としてひとつの責任の取り方だったのかもしれない。

歴史小説に移行してから、そのストイックさは、かたちを変えて現れるようになる。そのことは吉村さんが小説の舞台裏を記した『史実を歩く』などの随筆集を読めばよくわかり、本書『わたしの普段着』にもたびたび顔を出す。たとえば、敵討《かたきうち》にまったく関心はなかったのに、護持院ヶ原の敵討を小説にするに至った経緯は、これがたんなる個人と個人の刃傷《にんじょう》事件ではなく、歴史の移行に深い関わりのあることを関係史料の調査の過程で知ったためだとある（「歴史小説としての敵討」）。『ポーツマスの旗』を書くことを決めたのは、屈辱的な条約を結んだ「腰抜け外交官」という定評のあった小村寿太郎が、実は、戦力が底をつき敗北寸前だった自国を守るため的確な判断をした人であったと裏付ける史料を得たことが背景にあったとある（「『正直』『誠』を貫いた小村寿太郎」）。

歴史への深い関わりや、定説を覆《くつがえ》す史実の発見があって初めて、「これは小説になる」（「『霰《あられ》ふる』の旅」）と吉村さんは判断した。吉村さんにとって、史実とは、小説の世界を開く窓であり、光景を立体的に立ち上げるための機動力なのである。だからこそ、ロシアの歴史小説家グザーノフ氏から、フィクションをまじえて小説を書くことをどう考えるかと訊《たず》ねられたとき、「史実そのものがドラマであると考えているので、フィクションをまじえることはしない」(「世間は狭い」)と答えたのではないだろうか。

戦史小説でも歴史小説でもない小説においても、それは変わりない。肺がんに脅《おびや》かされた弟が亡くなるまでの日々を描いた『冷い夏、熱い夏』について、加賀乙彦《おとひこ》が、これは事実そのままのことかと訊ねたとき、「フィクションはありません。あの一年間に起ったことを、取捨選択したという意味でならフィクションですが」(「波」昭和五十九年七月号)と答えている。フィクションではないからといって、それがすなわち、書店でジャンル分けされるような狭義のノンフィクションを意味するのではない。自分の見立てた物語のリアリティを支える事実を決してなおざりにしない。そのことによって初めて真実を提示することができる。フィクションではない、とは、そういう意味ではないだろうか。

ところで、先の「日本藝術院会員記録」で、吉村さんは、「長編は竹の幹、短編は節」であり、自分は「短編が好きで、短編を書くために生まれてきた」「長編は長い短編」と語っている。最新作『彰義隊』を書き終え、次は何を書きたいかと曾根博義に問われたとき、「今のところ少し休みたいが、エッセイや短編を書きたい」という言葉に続いて発せられた言葉である。私は昨年秋に三鷹《みたか》市芸術文化センターで開かれた「吉村昭文学回顧展」でこの映像を見たのだが、「短編を書くために～」という言葉に至ったとき、ああ、まさしくそうだと腑《ふ》に落ちた。吉村さんの小説には世界が立ち上がる窓が必ずある。窓とは、吉村さんの視点である。創作の背景をつづった随筆にたびたび登場する「これは、小説になる」という記述を頼りに小説を読み直せば、その窓が作品を切り開く重要な切り口となっていることを確かめることができるだろう。吉村さんにとっての史実、事実、がつかめれば、長さはさほど大きな問題ではない。むしろ、短編のほうがドラマの輪郭は鮮明に浮かび上がる。回顧展で、昭和六十二年に出された限定十五部の句集『炎天』(「石の会」発行)を読み、その思いをさらに強くした。春夏秋冬からそれぞれ一句ずつ挙げると——

無人駅一時停車の花見かな
巻かれたるデモの旗ありビヤホール
夕焼けの空に釣られし子鯊《こはぜ》かな
冬帽の人は医者なり村の道

何も纏《まと》わぬ吉村昭の視点が、まるのままここにある。吉村さんは生涯、いったいどれほどの数の俳句を書いたのだろうか。ほとんど読者の目にふれていないことを考えると、私は、「短編を書くために生まれてきた」といった吉村昭の視点を読み解くための鍵《かぎ》は、究極の短編としての俳句に秘められているのではないかと思えてならない。

多くの若い読者が吉村昭の小説に引かれるのも、その視点の鮮やかさゆえではないだろうか。作家の金城一紀は、現代のSPを描いたテレビドラマ「SP　警視庁警備部警護課第四係」（平成十九年）の脚本を書くにあたり、吉村さんの「動く壁」（『密会』）に大いに触発されたと語っている。要人を守るSPを形容したタイトルそのものが、透明人間に徹する人の心の影を鋭角的に映し出すようではないか。また、平成二十年には、門井肇《かどいはじめ》監督が「休暇」（『蛍』）を映画化した。天井が開いて落ちてくる死刑囚を支える刑務官を描いた重苦しいテーマの作品であるため、「よりによって何故《なぜ》この小説なのか」と津村さんは驚かれたようだ。だが、死刑囚の「支え役」を勤めれば一週間の休暇がとれるという事実は、それだけで作家の想像力を大いに搔《か》き立てるに違いなく、若いクリエイターたちが吉村さんの小説をきっかけに自身の作品世界を展開していることは、吉村さんの視点が彼らを縦横に刺激したからなのだろう。かくいう私も、原稿用紙十枚の短篇ばかりを集めた『天に遊ぶ』がとりわけ好きで、書棚の手の届くところにおき、仕事に煮詰まったときなどに手にとって読み返している。いや、なにより、『戦艦武蔵』をはじめとする吉村昭の戦史小説群と出会わなければ、ノンフィクションとは何であるかというような考察は行わなかったと思う（拙文『小説になる』瞬間」小説新潮平成十九年四月号参照）。

もっと卑近なところでは、私が吉村さんの真似《まね》をして実践していることがいくつもある。まず、本を書くときに入手した資料は、本が出版されたら古書市場に戻すこと。次に、原則として、取材は一人で行くこと。さらに、郷土史家や専門の研究者には敬意を表すること。とくにこの三つめは物を書く人間にとってはことのほか重要だ。どんなテーマも、そっくりそのまま同じとはいわないまでも、関連する分野を研究している人はいるものである。それを知らずに本を書いてあとから誤りを指摘されることもある。そのような場合、吉村さんは丁重に礼状を書き、次の版から訂正していると読んだことがある。だが、相手が鬼の首をとったような態度で接してきたらどうだろう。あるいは、自分の研究を参考にして書いてもよいなどと尊大な手紙を寄こしたらどうだろう。『大黒屋光太夫《こうだゆう》』を書くにあたり、吉村さんとはいえ不快感を隠せない出来事があったらしいことがわかり、少し安堵《あんど》した。

一方、吉村さんの真似をしたくてもなかなか真似できないことがある。それは、締め切りよりもずいぶん前に原稿を書き上げていることである。吉村さんが新聞小説の連載を始めるときには、すでに最終回まで書き上がっていることは業界では有名な話で、それを聞くたびに同業者はふるえ上がる。しかし、「変人」によれば、そもそも締め切りに厳しい辣腕《らつわん》編集者に怒られるのを恐れたためだったようで、なんだか気の毒に思えた次第である。

（平成二十年四月、ノンフィクションライター）

この作品は平成十七年十二月新潮社より刊行された。

吉村昭著
戦艦武蔵
菊池寛賞受賞

帝国海軍の夢と野望を賭けた不沈の巨艦「武蔵」——その極秘の建造から壮絶な終焉まで、壮大なドラマの全貌を描いた記録文学の力作。

吉村昭著
星への旅
太宰治賞受賞

少年達の無動機の集団自殺を冷徹かつ即物的に描き詩的美にまで昇華させた表題作。ロマンチシズムと現実との出会いに結実した6編。

吉村昭著
高熱隧道

トンネル貫通の情熱に憑かれた男たちの執念と、予測もつかぬ大自然の猛威との対決——綿密な取材と調査による黒三ダム建設秘史。

吉村昭著
冬の鷹

「解体新書」をめぐって、世間の名声を博す杉田玄白とは対照的に、終始地道な訳業に専心、孤高の晩年を貫いた前野良沢の姿を描く。

吉村昭著
零式戦闘機

空の作戦に革命をもたらした"ゼロ戦"——その秘密裡の完成、輝かしい武勲、敗亡の運命を、空の男たちの奮闘と哀歓のうちに描く。

吉村昭著
陸奥爆沈

昭和十八年六月、戦艦「陸奥」は突然の大音響と共に、海底に沈んだ。堅牢な軍艦の内部にうごめく人間たちのドラマを掘り起す長編。

吉村昭著

漂流

水もわかず、生活の手段とてない絶海の火山島に漂着後十二年、ついに生還した海の男がいた。その壮絶な生きざまを描いた長編小説。

吉村昭著

空白の戦記

闇に葬られた軍艦事故の真相、沖縄決戦の秘話……。正史にのらない戦争記録を発掘し、戦争の陰に生きた人々のドラマを追求する。

吉村昭著

海の史劇

《日本海海戦》の劇的な全貌。七カ月に及ぶ大回航の苦心と、迎え撃つ日本側の態度、海戦の詳細などを克明に描いた空前の記録文学。

吉村昭著

大本営が震えた日

開戦を指令した極秘命令書の敵中紛失、南下輸送船団の隠密作戦。太平洋戦争開戦前夜に大本営を震撼させた恐るべき事件の全容――。

吉村昭著

背中の勲章

太平洋上に張られた哨戒線で捕虜となり、アメリカ本土で転々と抑留生活を送った海の兵士の知られざる生。小説太平洋戦争裏面史。

吉村昭著

羆嵐（くまあらし）

北海道の開拓村を突然恐怖のドン底に陥れた巨大な羆の出現。大正四年の事件を素材に自然の威容の前でなす術のない人間の姿を描く。

吉村昭著
ポーツマスの旗
近代日本の分水嶺となった日露戦争とポーツマス講和会議。名利を求めず講和に生命を燃焼させた全権・小村寿太郎の姿に光をあてる。

吉村昭著
遠い日の戦争
米兵捕虜を処刑した一中尉の、戦後の暗く怯えに満ちた逃亡の日々――。戦争犯罪とは何かを問い、敗戦日本の歪みを抉る力作長編。

吉村昭著
光る壁画
胃潰瘍や早期癌の発見に威力を発揮する胃カメラ――戦後まもない日本で世界に先駆け、その研究、開発にかけた男たちの情熱。

吉村昭著
破船
嵐の夜、浜で火を焚いて沖行く船をおびき寄せ、坐礁した船から積荷を奪う――サバイバルのための苛酷な風習が招いた海辺の悲劇！

吉村昭著
破獄
読売文学賞受賞
犯罪史上未曾有の四度の脱獄を敢行した無期刑囚佐久間清太郎。その超人的な手口と、あくなき執念を追跡した著者渾身の力作長編。

吉村昭著
雪の花
江戸末期、天然痘の大流行をおさえるべく、異国から伝わったばかりの種痘を広めようと苦闘した福井の町医・笠原良策の感動の生涯。

吉村昭著　脱出

昭和20年夏、敗戦へと雪崩れおちる日本の、辺境ともいうべき地に生きる人々の生き様を通して、〈昭和〉の転換点を見つめた作品集。

吉村昭著　長英逃亡（上・下）

幕府の鎖国政策を批判して終身禁固となった当代一の蘭学者・高野長英は獄舎に放火させて脱獄。六年半にわたって全国を逃げのびる。

吉村昭著　冷い夏、熱い夏
毎日芸術賞受賞

肺癌に侵され激痛との格闘のすえに逝った弟。強い信念のもとに癌であることを隠し通し、ゆるぎない眼で死をみつめた感動の長編小説。

吉村昭著　仮釈放

浮気をした妻と相手の母親を殺して無期刑に処せられた男が、16年後に仮釈放された。彼は与えられた自由を享受することができるか？

吉村昭著　ふぉん・しいほるとの娘
吉川英治文学賞受賞（上・下）

幕末の日本に最新の西洋医学を伝え神のごとく敬われたシーボルトと遊女・其扇の間に生まれたお稲の、波瀾の生涯を描く歴史大作。

吉村昭著　桜田門外ノ変（上・下）

幕政改革から倒幕へ——。尊王攘夷運動の一大転機となった井伊大老暗殺事件を、水戸薩摩両藩十八人の襲撃者の側から描く歴史大作。

吉村昭著

ニコライ遭難

″ロシア皇太子、襲わる″——近代国家″への道を歩む明治日本を震撼させた未曾有の国難・大津事件に揺れる世相を活写する歴史長編。

吉村昭著

天狗争乱

大佛次郎賞受賞

幕末日本を震撼させた「天狗党の乱」。水戸尊攘派の挙兵から中山道中の行軍、そして越前での非情な末路までを克明に描いた雄編。

吉村昭著

プリズンの満月

東京裁判がもたらした異様な空間……巣鴨プリズン。そこに生きた戦犯と刑務官たちの懊悩。綿密な取材が光る吉村文学の新境地。

吉村昭著

わたしの流儀

作家冥利に尽きる貴重な体験、日常の小さな発見、ユーモアに富んだ日々の暮し、そしてあの小説の執筆秘話を綴る芳醇な随筆集。

吉村昭著

アメリカ彦蔵

破船漂流のはてに渡米、帰国後日米外交の先駆となり、日本初の新聞を創刊した男——アメリカ彦蔵の生涯と激動の幕末期を描く。

吉村昭著

生麦事件（上・下）

薩摩の大名行列に乱入した英国人が斬殺された——攘夷の潮流を変えた生麦事件を軸に激動の五年を圧倒的なダイナミズムで活写する。

新潮文庫最新刊

吉川英治著
三国志（六）
―赤壁の巻―
劉備と主従関係を結んだ孔明は、天下三分の計を説く。呉を狙う曹操と周瑜を激突させるべく暗躍するが――。野望と決戦の第六巻。

吉川英治著
宮本武蔵（四）
吉岡方との最終決戦。対する敵は七十余名。絶体絶命の状況で肉体は限界を迎え、遂に二刀流武蔵が開眼する！ 血潮飛び散る第四巻。

高橋由太著
もののけ、ぞろり
大奥わらわら
弟を人間に戻す秘薬を求めて大奥に潜入する伊織。大奥ではムジナ、百目鬼、青行灯らの妖怪大戦争が勃発していた！ シリーズ第三弾。

令丈ヒロ子著
茶子の恋と決心
―S力人情商店街4―
男子4人の命運を握らされた茶子の苦悩に出口はみつかるのか？ 最後に茶子が選んだ意外な人物とは。目が離せないシリーズ完結編。

渡辺淳一著
あとの祭り
死なない病気
ある席で、元気いっぱいの女性作家に打ち明けられた。「私、病気なの」その心は？ 生きる勇気と力を貰える大人気エッセイシリーズ。

太田和彦著
居酒屋百名山
北海道から沖縄まで、日本全国の居酒屋を訪ねて選りすぐったベスト100。居酒屋探求20余年の集大成となる百名店の百物語。

わたしの普《ふ》段《だん》着《ぎ》

新潮文庫　よ－5－49

平成二十年六月一日発行
平成二十五年四月二十五日五刷

著者　吉《よし》村《むら》昭《あきら》

発行者　佐藤隆信

発行所　株式会社新潮社

郵便番号　一六二―八七一一
東京都新宿区矢来町七一
電話　編集部(〇三)三二六六―五四四〇
　　　読者係(〇三)三二六六―五一一一
http://www.shinchosha.co.jp

価格はカバーに表示してあります。

乱丁・落丁本は、ご面倒ですが小社読者係宛ご送付ください。送料小社負担にてお取替えいたします。

印刷・大日本印刷株式会社　製本・加藤製本株式会社

ISBN978-4-10-111749-2 C0195